張曼娟
·奇幻學堂·

花開了

張曼娟、孫梓評——策劃·撰寫
川貝母——繪圖

十年一瞬間
——學堂系列新版總序

張曼娟

常常在演講的時候，遇見一些年輕的讀者，他們從容自在的聆聽，意會的頷首，耐心等待著我為他們的書簽名，而後，像是要傾訴一個祕密那樣的靠近我，微笑著對我說：「曼娟老師，我是讀著【○○學堂】長大的。」【奇幻學堂】、【成語學堂】或是【唐詩學堂】就這樣被說出來，說的時候，帶著對於童年與成長的溫柔依戀。

啊！這一批孩子們已經長大了啊，他們看起來，都是很好的成年人了。也許不是念文學相關科系的，可是，他們一直保持著對於文字的敏感度，對於人情世故的理解。

「老師什麼時候要為我們這些小孩子寫書呢？」到現在，我依然能聽見最

初提出這個請求的那個女孩，對我說話的聲音。

而我確實是呼應了她的願望，開始創作並企劃一個又一個學堂系列。以【奇幻學堂】為起點，我和幾位優秀的創作者：張維中、孫梓評、高培耘與黃羿瓅反覆的開會討論著，除了將古代經典的寶庫傳承給孩子，更想與他們一同走在成長的路上，不管是喜悅或失落；不管是相聚與離別，都是生命的課題，都那麼貴重，應該要被了解著、陪伴著，成為孩子心靈中恆常的暖色調。

這樣的發想和作品，獲得了許多家長、老師的認同，更令我們感到欣喜莫名的是，孩子們的真心喜愛。於是，接著而來的【成語學堂Ⅰ】、【成語學堂Ⅱ】和【唐詩學堂】也都獲得了熱烈回響。

十年之後，那個最初提議的女孩，化成許多個大孩子與小孩子，來到我的面前，與我微笑相認。讓我們知道，當初不只是古典新詮，更是探討孩子成長中各種情境的系列作品，有著這樣深刻的意義。

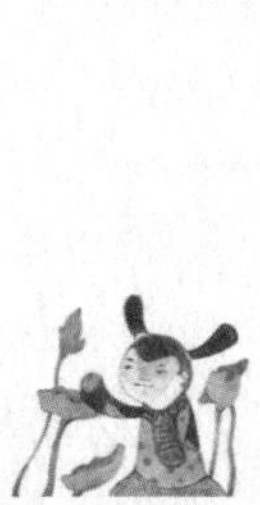

也是在演講的時候，常有家長詢問：「我的孩子考數學，演算題全對，但是一到應用題就完蛋了，他根本看不懂題目呀。到底該怎麼辦？」這是發生在許多成績優秀的孩子身上的悲劇。

「中文力」不僅能提升國語文程度，而是提升一切學科的基礎，這已經是陳腔濫調了。中文力，不僅是閱讀力，還有理解力與表達力。能不能看懂考題，在考試時拿高分，固然重要。然而，更大的隱憂卻是，應付考試，得到高分的歲月，只占了短短幾年，孩子們未來長長的人生，假若沒有足夠的理解與表達能力，他們將如何面對社會激烈的競爭？如何與他人建立良好的人際關係？這樣的擔憂與期望，才是我們十年來投入許多心血與時間，為孩子創作的初衷。

我們感知到孩子無邊無際的想像力，在成長中不斷消失，於是創作了【奇幻學堂】；察覺到孩子對成語的無感，只是機械式的運用，於是創作了【成語學堂】；發現到孩子對於美感和情感的領受，變得浮誇而淺薄，於是

創作了【唐詩學堂】。

十年，彷彿只在一瞬之間，許多孩子長大了，許多孩子正在成長，我們仍在創作的路上，以珍愛的心情，成為孩子最知心的陪伴。

目次

唐敖心中真有說不出的感慨。
他收拾好背包，連家也不想回，
好像人生活了大半輩子，卻是一場空。

【第二回】百花仙子，凡間一遊……57

就在那一刻，唐小山忽然從夢中驚醒。
因為，看見夢中百花仙子的身影
從雲間墜落到凡間的那一瞬間，
她驚訝的發現：為什麼，她如同照鏡子般，
看到了自己的臉？

【第三回】奇妙旅行，各國百態……71

坐在船上，看著遠方的大海，
唐敖不禁想起家中的唐小山與唐大海：
唐小山聰穎又勇敢，比男生還孝順、堅強——
不知道，唐大海還是那樣軟弱嗎？
不上武術課？仍然喜歡繡花？

就在約定的日期到來這天，
林之洋和多九公在小蓬萊的石碑，
赫然發現上面題了一首詩，
詩的後面還寫著「謝絕世人」這樣的題字。

唐小山想起「百花仙子」的夢，
夢裡面，四位仙子搭同一部雲車回家。
她們說說笑笑的身影，
跟此刻的自己，多麼相似？
而路過的人們，都聞見了整整三天的百花香氣，
彷彿一年四季所有的花兒，
都一齊盛開了。

序

創作緣起

把故事還給孩子

張曼娟

當我們還沒看過哈利波特；還不認識神隱少女；還不知道魔戒的威力的時候，孩子們都聽什麼故事呢？

當我只是個小孩子，家裡並沒有什麼課外讀物，可是，夏天搖著扇子的晚上，大人一邊拍打蚊子，一邊對我們說起牛郎織女的故事；冬天圍在暖烘烘的棉被裡，腳趾頭抵著腳趾頭，緊張兮兮的聆聽目蓮下十八層地獄救母的故事。一個又一個故事，神奇的、魔法的、天上地下，充滿想像力，灌溉著我們日漸伸展的四肢與軀幹。

然後，某一天，我聽見了三太子李哪吒的風火輪劃過天際，聽見他在河邊戲水，與龍王三太子大鬥法，竟然抽出龍筋的英勇事蹟。哪吒的火尖槍和乾坤圈，是那麼炫奇；他死後變為蓮花身返回人世，是如此異樣。

最最重要的是，他只是個小孩子，和我一樣。

一個小孩子，可以大鬧天庭，把龍王整得七葷八素，這麼高強的本領，這麼叛逆的性格，都教我們興奮得不得了。

我們慢慢長大，電視進入每一個家庭，一個按鍵，就喚來動畫。日本動畫是孩子最好的陪伴，從「小甜甜」、「無敵鐵金剛」到「哆啦A夢」……伴著我們一代又一代，成為生命中的主題曲。

哪吒到哪裡去了呢？

我們的孩子該有怎樣的冒險？

那一年，看完《神隱少女》，從戲院中走出來，站在西門町街頭，心頭還縈繞著感動，同時，卻也有些悵然若失。同樣是東方，同樣擁有自己的傳說和傳統，我們的少女又該有怎樣的冒險呢？如果不走進泡溫泉的湯屋，

她該走到哪裡去呢？如果沒有遇見湯婆婆，她也許會遇見鐵扇公主，那麼，又會發生什麼樣的故事呢？我怔怔的想著，綠燈忽然亮起，就這樣被過馬路的人潮推擠，到了對岸。過了馬路，其他的事吸引我的注意，這惆悵也就扔過一旁了。

接著，我看見身邊的大朋友、小朋友，人手一本《哈利波特》，津津有味的閱讀著。捷運上，教室裡，這法力確實無邊，收服了所有人。

我念小學的姪兒，總是催著我問新一集的《哈利波特》出來沒有？我告訴他，得等一等，還要翻譯啊。他於是抗議了：「奇幻故事這麼好看，我們為什麼沒有中文的書？都要看外國人的？」

這質問讓我一時之間，無法作答。

找回屬於孩子的奇幻與魔力

我很想告訴他，我們在許許多多年前，古時候就有很多好看的奇幻故事了，只是，你們都不熟悉，都不了解。但是，他們為什麼不熟悉、不了解呢？這些奇幻故事，是我們的祖先留給孩子的瑰寶，我們曾經是保管人，保管並且享用，然後，應該交給我們的孩子。然而，這些豐富有趣的故事，自我們之後，彷彿便已失傳。我們顯然剝奪了孩子的繼承權，令他們失去了寶藏的，難道竟是我們嗎？

我感到了急迫與焦慮，感到一切都要來不及。

作為一個創作出版超過二十年的作家，我知道，要消解這樣的不安，唯有寫作。要把奇幻與魔力找回來，才能完好無缺的交付給我們的孩子。

【張曼娟奇幻學堂】的童書工程，就是這麼開始的。

我們選擇了四個不同風格的奇幻故事，從唐代的〈杜子春〉、明代的《封

神演義》、《西遊記》到清代的《鏡花緣》，各挑出一個主要人物，成為奇幻冒險故事的主角，重新改寫，讓孩子在閱讀的時候，完全忘記他們讀的是幾百年或千年以上的老故事。這些嶄新的故事，令人目不暇給，節奏感快速，感覺更現代，而在一個雲霄飛車似的轉折之後，滿懷著深深的感動。

《封神演義》的哪吒

《我家有個風火輪》，哪吒是個巨嬰，生下來便神力無限，這故事還能有什麼新的發展呢？我送給哪吒一個姊姊，花蕊般小巧、纖細而柔弱的姊姊，當我在讀經讀詩和寫作的「張曼娟小學堂」上課，發現小朋友們最焦慮的就是：「如果長不高怎麼辦？」大人總是安慰孩子：「等你長大就會長高嘍。」事實上，並不是所有的孩子長大之後，都會變成高個子。我們給孩子一個虛妄的希望，再讓這希望落空，未必是一件好事。於是，我創造了一

個矮小的姊姊花蕊兒，與身形巨大、本領高強的哪吒做對比。

花蕊兒，她看起來什麼本事也沒有，可是，她能敏感的體會愛。她能感受愛，也能付出愛，她以自己小小的身子護衛弟弟，堅強的意志力感動了巨鵬與逼水獸，是她纖細的小手，從冥界將哪吒牽引返回人間，滿身蓮花香。

我是這樣對花蕊兒說的：「長得高不高不要緊，身體只是一個罐子，罐子裡面的東西才重要。」

《唐傳奇》的杜子春

《火裡來，水裡去》，是唐朝傳奇〈杜子春〉改寫的，這是一個試煉意志力的故事，也是個測試恐懼感的故事。每個孩子都有懼怕的事物，當我們對孩子說：「不要怕啊！沒什麼好怕的。」不妨也想想我們的恐懼。長成

大人的我們，也不可能無憂無懼啊，更何況是小孩子。那麼，就讓我們面對面的把恐懼看個清楚吧。

童年杜子春怕的是火蟻，因為他小時候曾經被火舌貪婪的吞噬，這被火焚燒的記憶已經淡忘，恐懼卻如影隨形。子春在那場大火中，失去了母親，也失去了真相，他在謊言中成長，成為一個偏執的少年和青年，直到家產揮霍殆盡，遇見一個賑濟他的老人，一切才有了轉機。老人三番兩次贈送子春巨款，他為了知恩圖報，答應為修道的老人看守丹爐。「不管看見了什麼，都是幻象，絕不能發出聲音，否則就會功虧一簣了！」

杜子春面對各式各樣的挑戰，恐懼的極限，他都咬牙撐過去了。直到轉世投胎成為女人，生了孩子變為母親，那一個關卡，怎麼也過不去。我會對淚流滿面的杜子春說：「父母對孩子的愛，是不可思議的，我們只得順從這強烈的情感。」

《西遊記》的孫悟空

《看我七十二變》，孫悟空啊，這石頭裡蹦出來的猴子，大鬧天庭無敵手，駕著筋斗雲，一衝十萬八千里。當一個唯我獨尊的美猴王，該有多麼快活？他為什麼竟心甘情願的成為唐三藏的大弟子，護著師父西方取經去？每當我看見唐三藏唸起緊箍咒，悟空疼得滿地打滾，總是覺得好不忍心。

在我們新編的故事中，唐僧與悟空不只是師徒，原來還是親兄弟。上一輩子，悟空乃是個粗心大意的哥哥，唐僧卻是崇拜著哥哥的弟弟，成天跟在哥哥身後，不管換來的是怎樣的冷漠與不耐煩，都無所謂。為了救親愛的哥哥，弟弟犧牲了自己的性命。這一輩子，悟空不管被唐僧如何誤解、怒罵、斥逐，都不離不棄，誰為兄？誰是弟？都不重要，重要的是，在前往西方的道路上，只要我們同在一起，每跨出一步，都充滿力量。

《鏡花緣》的唐小山

《花開了》，是《鏡花緣》的再創造。那是在清代最封鎖閉塞的年頭，卻有這樣充滿想像力的探險，在二十一世紀看來，仍適合蠱惑我們的孩子。這故事當然要由孩子領銜演出，那麼，就設定為唐小山和唐大海吧。這一對姊弟，姊姊不是一般的女生，弟弟也不是一般的男生。「我是個男生，可是，我跟別的男生不太一樣，怎麼辦呢？」我常會聽見孩子這麼問，也會看見父母親擔憂的眼神。不一樣就不一樣吧，有什麼關係呢？誰說男生一定要酷愛運動？女生非得斯斯文文呢？

小山姊姊武功高強，膽識非凡，她被揀選了，成為遊歷四海的姑娘；大海弟弟喜歡種花，體貼溫柔，他被揀選了，守護著家園，奉養著母親。每個孩子生在這個世界上，都有他的使命與作用的啊。我們不該執迷於自己的期望，我們該做的是歡喜成全，讓他們長成健全快樂的成年人。

敲響奇幻學堂的鐘聲

這四個故事，各有不同的風格，我與三位年輕優秀的作家——高培耘、孫梓評、張維中——花了一年多的時間，一起挑選、反覆討論，終於完成。四部作品完稿的那一天，恰好經過西門町，依舊是潮水似的人群，等著過馬路，而我站立在人群中，感覺心安理得。

【張曼娟奇幻學堂】的鐘聲敲響了，故事振動著想像的翅膀，帶領孩子飛進充滿香氣與歡樂的世界。

把飛鳥還給天空，天空便有了生命。

把故事還給孩子，孩子便有了魔力。

謹識於二〇〇六年九月二十八日教師節

人物榜

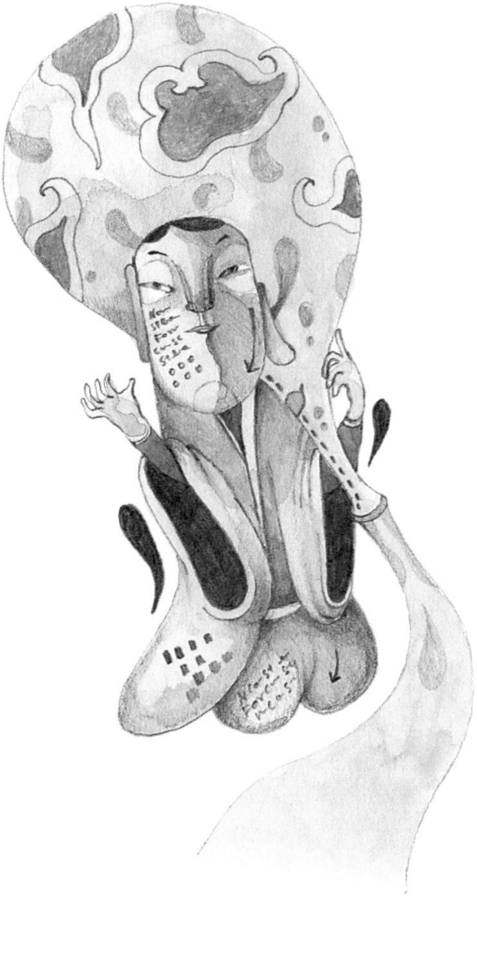

人間香草

唐敖

年約五十歲，一輩子都在讀書，卻始終沒有因為讀書而獲得什麼成就感。好不容易終於考上「探花」，沒幾天就被撤銷資格。但是，他有一腔正氣，也總想要超脫於世俗之外，追尋人生真理。後來，他意外隨著妻舅林之洋出海，看到世間各地許多不同國家的風景，終於對人生有了新的領悟。

唐大海

唐敖的兒子、唐小山的弟弟，在《鏡花緣》裡原名「唐小峰」。在一般的改編故事中，多半忽略了這個男孩的角色，本書裡的唐大海，則是一個非常特別的、花一樣的男孩。他鍾愛許多女性鍾愛的事物，卻完全不能接受世俗對於男孩的要求或標準，因此一開始，造成了父母或其他小朋友對他的排斥。但他有一個聰穎的姊姊，總默默支持著他。當姊姊離家追尋夢想，事實證明了唐大海是一個可以負責任的孩子，就算與一般世俗標準不符，他也有屬於他的長處與精采。

唐夫人

本名林雪沁，唐敖的妻子，陸續為他產下一女一子，但常獨守家中，為了一個浪遊在外的丈夫，常常感到莫名的憂心。或許也因為她總是守在家中，不免對於兩個孩子有較大的關注，也因此造成了家庭裡的摩擦和誤解。所幸她也是個幸運的女人，一雙出色的兒女都對她非常孝順。

雲泥

唐敖家裡的丫鬟。她是一個天真活潑的女孩，雖然沒有很重要的戲分，但是她照料唐夫人，看著唐小山、唐大海兩個孩子長大，就像是一個大姊姊一般。

林之洋

唐敖的妻舅。他是個年約四十歲的貿易商人，脣紅齒白，雖然是個生意人，卻有著別人所沒有的善良與柔情。他有一種難得的憨厚，重情重義，成為這本書裡一個很關鍵的角色。

多九公

船上掌舵的師傅。年紀雖然八十多歲了，但見多識廣，體力甚健，就像一個和氣又健康的老爺爺，總在必要的時候，為大家解釋道理和化解危機，只有要他在，不僅可以獲得知識，也會感到安心。

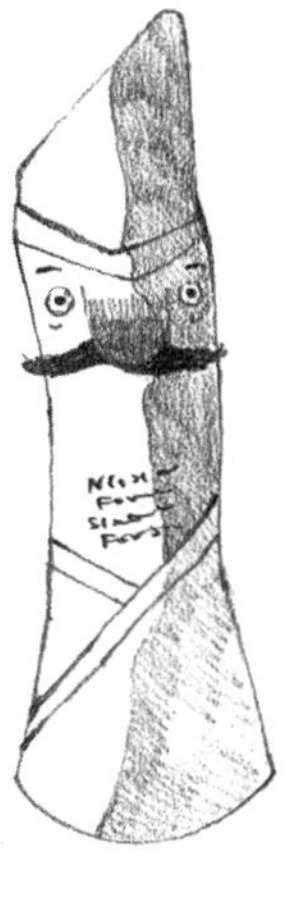

天上花仙

唐小山

唐敖的長女。鄰居們都津津樂道她出生的那一夜，產房裡傳出一百種花的香氣。她從小就聰穎、貼心，愛讀書也愛運動。父親出門遊歷時，她長成了一名十四歲少女。除了能讀書寫詩，功夫也是一級棒。原來，她前世是天上的百花仙子，因為在王母娘娘的生日宴上逞口舌之快，犯了禁忌，才必須下凡來。她也顯示出女孩子獨有的聰明與高貴。

駱紅蕖

身懷絕技的打虎少女。她的膽識無人能比。

廉錦楓

可以在水底憋氣的美麗少女。為了母親的病，必須下海取海參，練出一身好功夫。

黎紫薇

黑齒國的少女。雖然全身皆黑，但飽讀詩書，把唐敖和多九公都問倒了。

楔子

那一夜，花都開了

一個美好的春天夜晚，天空裡有幾顆星星閃爍著。

讀書人唐敖和他的妻子雪沁用過晚餐，感覺到空氣中有一股不尋常的騷動。

懷胎九月、坐在椅子上的雪沁，臉上冒出冷汗，眉心緊皺著，她起身走了兩步，忽然把手上正縫著、為了新生嬰兒預備的肚兜兒放下——

唐敖過來扶住了她，「你還行吧？要不要我請隔壁王大嬸過來？」

王大嬸是村子裡唯一的產婆，大夥兒都習慣有她的幫忙，讓每一個新生命健康的來到這個世界。

雪沁忍著痛，說：「再等一會兒——」

唐敖哪裡能等，他喚來丫鬟雲泥，仔細叮囑她看著雪沁，便快步出門去了。

不過一盞茶的時間，王大嬸拎著她的「隨行工具」，出現在唐敖夫妻倆的臥房裡。

「您先到外頭休息吧。」王大嬸把唐敖請出房間，「這裡交給我就可以了，沒問題。」

唐敖忍不住望向床上的妻子，第一次當爸爸的緊張和喜悅都寫在臉上，「真的……沒問題嗎？」

「安啦！我王大嬸接生過的孩子，少說也上百個了！」說著，便把門掩上了。

唐敖坐在書房裡，拿著一冊《春秋》，想要好好讀一讀，轉移注意力，偏偏一顆心七上八下，端坐不住。

正打算到門口窺探一下，突然聽見好響亮的一聲嬰啼破空而出，隨即是一陣好聞的香氣。

這氣味緊緊抓住唐敖的鼻子，唐敖忍不住大口大口的呼吸，這……好像是他童年家裡屋前種過的一株木樨花，那時他總愛在花旁看書……正忍不住回想時，香味馬上又變換成淡淡的杏花香，隨即又飄來芍藥的香氣。

香氣瀰漫了整個房間，連鄰居都過來圍觀。

房間裡的王大嬸等人，也都聞到了這陣香氣。王大嬸開心的為新生下來的女娃兒梳洗，忍不住嘖嘖稱奇：

「唐夫人，我接生過這麼多孩子，從來沒遇過這樣的奇事，這一定是個不平凡的女孩兒！」

唐夫人仍虛著身子，她半開著眼，望向小女嬰，「不管平凡或出眾，只希望她健康快樂的長大！」

說也奇怪，這香氣，就這樣持續了三天。

唐夫人已經來不及細數到底變換過幾種香味，有些甚至聞所未聞，偶爾聞到識得的香氣，剛好丫鬟雲泥端熱水進房裡來，她便忍不住問：「你聞見了嗎？剛剛好像有玫瑰的味道。」

雲泥是個活潑的女孩，她誇張的動了動鼻子，好像在搜尋什麼獵物那樣，然後激動的對著唐夫人說：「有耶！真的有耶！我還聞到了丁香、紫

羅蘭、夜來香的味道！」

「噓，噓，小聲些。」唐夫人開心的望向熟睡中的女娃兒，「小心吵醒了小山。」

「小山？」唐敖正好走進臥室探視母女倆，他輕手輕腳的撫摸著女娃兒的臉頰，粉嫩光滑的臉，像一尊完美的瓷器。他望向唐夫人，「你已經決定幫她取名『小山』了啊？」

唐夫人笑著回答：「我前些天晚上睡覺時，不知怎地就作了一個夢，夢見我自己一個人去爬山。那是一座好美麗的山，坡度不陡，走起來並不累人。最奇妙的是，那座山五彩斑斕，一會兒是一整片楓紅般的林子，一會兒是一望無際的綠草地，一會兒又閃爍著鵝黃色的花影，我一不留神，風景又變成了淡紫色的紫藤了——真的好美好美，目不暇給。」

唐夫人說罷，抬起眼看著唐敖，眼神似乎帶著一絲絲懇求，「所以，我就想，等這孩子生下來，要幫她取名『小山』，這一定是個好兆頭。你

說，好不好？」

唐敖笑著說：「好，當然好！」他摸了摸女娃兒稀疏的髮，「你以後就叫做唐小山啦，你一定是一座美好的山。」

果然，唐小山從小就聰明伶俐，長得俊俏美麗，既學文，又習武。這個漂亮的小女孩，因為出生時的神奇香氣，在鄰里之間赫赫有名。

只要提起「百香街的唐小山」，大夥兒不但都知道，還會忍不住搖頭晃腦的說：「哇，真的太奇妙了，你沒聞到那時候的香味，我長鼻子以來還沒聞過那麼好聞又神奇的味道，好像……整個人沉浸在那香氣裡，有一種幸福的感覺。」

「真的假的？」沒經歷過的人們大多半信半疑，但也更加增添了唐小山的傳奇色彩。

兩年之後，唐夫人又產下一個男孩，名為大海。

唐大海也是個漂亮的孩子，只是從小就容易害羞，動不動就臉紅，對武器也沒什麼興趣。他最喜歡跟在唐夫人身後，像一隻害羞的小白鳥，乖巧又安靜。

沒事的時候，唐大海也跟著姊姊念書，那些詩詞古文，他也都輕而易舉的記熟了，但是，如果是跟著家裡的叔叔學武術，唐小山興致勃勃，唐大海就總顯得興趣缺缺。

「大海，你不喜歡打拳嗎？」叔叔忍不住問他。

「我不喜歡。」唐大海美麗的睫毛長長的捲起來，一雙大眼睛天真無邪：「打拳會流汗，我不喜歡流汗，流汗會臭臭的。」

相較之下，唐小山不僅舞槍耍棒樣樣來，功夫一級棒，在書房裡念書時，對於詩詞經典也是記憶力超強，不僅背起詩詞特別快速，看過的書也過目不忘。

有一天她忍不住問：「叔叔，聽說我們現在當政的是位女皇帝。請問除了給男生考試的『男科』之外，也有給女生考試的『女科』嗎？」

「小山想去當官啊？」叔叔笑著反問她。

「也不是啦，我只是想，女皇帝應該會想用女丞相吧。」

「這樣啊……據我所知，現在朝廷裡面好像並沒有女丞相。」叔叔據實以告。

唐小山聽了大大失望：「女皇帝居然只用男丞相，那我這麼努力念書做什麼呀，我不如去跟媽媽和嬸嬸學女紅算了。」

此話一出，唐小山還真的就把書都收起來，決定學針黹。什麼打拳、舞槍也都停了。

這麼一來，唐大海也就樂得當個學人精，整天跟著姊姊，學習在布上面繡出圖形，沒想到，他的手特別靈巧。

「哇，大海，你真厲害！你繡的這朵牡丹好傳神喔。」唐小山看看自己

手中那朵「不成人樣」的山茶花，忍不住吐了吐舌頭，感到一陣羞愧。

繡了幾天，唐小山覺得悶了，心想刺繡真不是人做的事，還是讀書、習武有趣得多了。她回過頭去繼續念書，唐大海卻愈繡愈有心得。

有一天，姊弟倆拿了零用錢，去街上買糖葫蘆吃。正吃得津津有味，隔壁幾個臭男生跑來挑釁：

「喂，唐小山，聽說你出生時整個房間都是香味喔？我看你一定是妖精變的！哈哈哈，你一定是花精妖怪！」

另一個男生則將火力對準了唐大海：

「聽說你喜歡刺繡喔，哈哈哈，好滑稽喔，哪有男生喜歡刺繡的啦！」

唐小山既不生氣，也不回話，她一手護住唐大海，一手射出兩枚飛

鏢，鏢子在空中畫出弧度，聽話的迴旋再迴旋，一個來不及反應的瞬間，硬是把那兩個男生的髮尾削平了。

兩個男生杵在街上，唐小山看也不看一眼，拉著在一旁看得目瞪口呆的大海，就掉頭走開了。

這麼多年來，讀書人唐敖始終沒有考到理想的功名。

雖然跟著妻子雪沁、兩個孩子過著快樂的生活，但心裡總是蠢蠢欲動，想要試試看自己當了這麼多年的讀書人，是否只能一輩子在家鄉當個「秀才」？

這天，唐敖又要準備進京考試了。他先跟妻子話別，然後看著已漸成少女的唐小山說：

「小山，爸爸不在，要請你多費心照顧媽媽跟弟弟了。」

「我知道。」唐小山臉上有著超齡的堅強。

「爸爸……」唐大海則是汪著淚，一臉不捨的樣子。

唐敖轉而抱了抱唐大海說：「大海，你是男孩子，要堅強一點，別讓媽媽和姊姊操心。」

大海才剛點了點頭，唐敖馬上又提醒：「武術課一定要上，你整天躲在家裡刺繡也不是辦法，以後姊姊學武時，你一定要到，知道嗎？」

「……」唐大海什麼也沒說，又勉強的點了點頭。

於是，唐敖背起行囊，上路了。

第一回

採花未成，雲遊四海

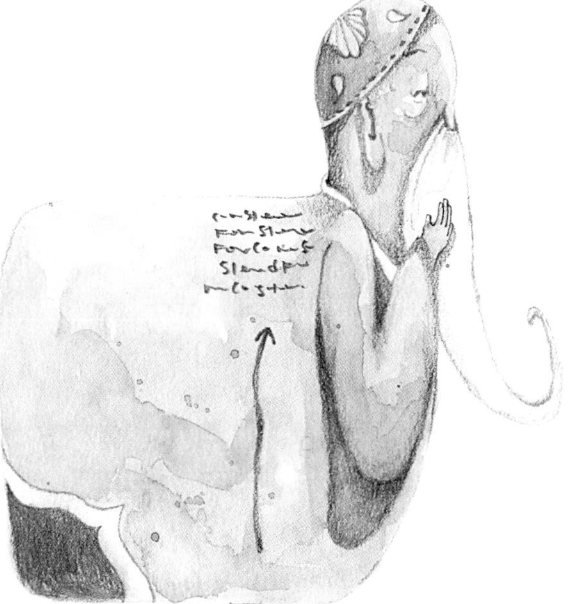

才剛從客棧裡醒來，唐敖已經聽到外頭喧嚷的聲音。

「恭喜客官！賀喜客官！您高中探花啦！」

唐敖揉了揉惺忪的睡眼，心裡感受到一點奇妙的苦，又好像有一點淡淡的甜。

當了一輩子的讀書人，終於獲得一張證明書，證明自己「是個讀過書的人」。但是，這樣的證明又有什麼用呢？他給了報喜的人賞金之後，坐在椅子上，聽著外頭人來人往的聲音，一時竟有著很複雜的心情，不知道要不要將這個「好消息」跟家人分享。

於是，頂著新科「探花」的頭銜，他一個人在京城裡遊覽，看看來自四面八方的有趣玩意兒。

誰知道才沒兩天，報喜的變成報憂的。

原來，有糾查小組舉報：為人海派、喜歡結交朋友的唐敖，跟當今許多「反對黨」都是結拜的換帖朋友。後來女皇帝派人查訪，發現唐敖向來

品行端正，沒查到他參加什麼反對黨的活動，但唐敖剛到手的「探花」卻因此沒了，只讓他繼續當個「秀才」。

結果，繞了這麼一大圈，仍然是個「秀才」。

讀書人唐敖心中真有說不出的感慨。

感慨就像一種憂鬱的細菌，在身體裡面流來流去，讓人什麼也不想做。

唐敖收拾好背包，連家也不想回了，好像人生活了大半輩子，卻只是一場空。

他失魂落魄的沿途亂走亂逛，沒有確定的目標，也不想回家。

這一天，來到了一間「夢神觀」。

唐敖心想：「我這輩子還真像一場夢，不管是好夢或惡夢，也都該醒

了，是該我看破紅塵、求仙訪道的時機到了。既然眼前就有間道觀，不如來問問神明的意思？」

他走進神殿，暗自禱告著。

忽然間有一位老先生走出來，知道了唐敖的處境，他笑著摸了摸白色的長鬍鬚，問唐敖：

「你說你想要求仙，但你有什麼根基嗎？想要求仙的人，除了要有善行，說過有建設性的話語，還要對世界有所貢獻。如果你什麼都沒有，想要求仙，等於緣木求魚！」

老先生一番話，聽得唐敖心裡好羞愧。想想自己連「探花」都只當了兩天，對世界的唯一貢獻，加加減減，就只剩了生下一雙兒女吧——但這算「良好的貢獻」嗎？他一時竟無言以對。

老先生繼續說：「既然你有心於此，如果放棄了，也是可惜。我聽說現在有十二株名花，流落在海內外，你如果可以想辦法拯救這些花，讓它

們得以在適當的地方繼續生長，也是好事一樁，說不定會有助於你的求仙訪道喔！」

唐敖聽得一頭霧水——什麼花？什麼海內外？正打算要繼續問個究竟，老先生竟像煙一般的消失了。唐敖揉了揉眼睛，才發現自己躺在路邊的涼亭裡睡著了。

「原來是場夢啊。」他忍不住自言自語：「但那十二株名花是什麼意思？」

想來想去，想不出個所以然。不過，眼下要能夠遊歷海內外的唯一方法，只有去拜訪妻子的哥哥。妻舅長年以船運經商，唯有跟著他出海，才有可能前往海內外各地。

這麼一想，唐敖心裡篤定多了，決定馬上動身，前往妻舅家拜訪。

唐敖妻子雪沁的哥哥林之洋，長得脣紅齒白、眉清目秀，是個生意人，也是個風度翩翩的美男子。

他看見唐敖來訪，明白了事情的原委，馬上拍了拍他的肩膀：「沒問題的！你就好好的跟我們一起出去散散心吧！」

剛好林之洋帶著妻子和女兒，正準備近期內要出門做生意。他彷彿想起了什麼似的，又問：「只不過，搭船可不比乘車，海上風浪大，很多人一上船就覺得受不了。再來就是你們讀書人喜歡喝茶，但是船上不僅茶水只能潤潤喉嚨，就連洗澡之類的事也要一切從簡，你會不會不習慣啊？」

「不會的。」唐敖回答，「這一切我早有心理準備啦。」

他拿出銀子，想分擔一點旅程的開銷，卻和林之洋兩人相持不下，最後林之洋勸他去買點貨品，說不定到了國外也派得上用場。

唐敖於是帶著水手出門採購。一回來，林之洋看見他採買回來的東西，忍不住笑了：

「你怎麼買了許多花盆和生鐵？」

由於唐敖心裡仍記掛著夢中老先生所說的，有十二株名花流落海內外，因此買了許多花盆。

但他一時也不知該怎麼解釋，只好說：「其他國家奇花異草那麼多，可能會派上用場……至於生鐵，我想來想去，實在不知買什麼，想想放幾塊鐵可以壓艙，如果賣不掉也沒關係，就放著吧！」

就這樣，林之洋讓水手們把貨品都搬上船去，一行人準備妥當，就趁著順風出航了。

船隻開到了汪洋之上。

所謂「曾經滄海難為水」，真不是沒有道理的！唐敖站在甲板上，欣賞著大海的風光，感覺到眼界一寬。曾經在人生路途上遭遇的種種挫折、沮喪，好像也顯得不是那麼重要了。

這一天，他們遇見一座險峻的大山。

船隻停妥之後，唐敖忍不住問林之洋：「這座山看起來比別座山都高，不知道這叫什麼名字？」

「這裡叫東口山，是東荒第一高山。聽說上頭風景很漂亮，其實我也沒上去過，不如我們一起去走走吧！」

唐敖聽見「東口山」，覺得很耳熟。「咦？那這附近是不是有君子國跟大人國？我聽說君子國的人穿得漂漂亮亮的，每個人都佩著劍，但是都超級有禮貌。至於大人國的人，出門不用走路，都是搭乘一朵雲，不知道是真是假？」

「沒錯！」林之洋笑著說：「我之前去參觀過那兩個國家，正如你所言。再遠一點，則有個黑齒國，那裡的人全身上下都黑漆漆的。奇怪的國家還很多，你慢慢就會看到啦！」

正說著，迎面走來一隻怪獸，長得有點像豬，但身長六尺、高四尺，全身都是青色，嘴巴裡還長出四根長長的牙齒，就像象牙一樣。唐敖和林之洋都看傻了眼，從沒見過這樣的生物。

林之洋說：「別急，待會兒多九公下船了以後，我們可以問問他。他上通天文、下知地理，一定知道！」

正說著，在船上擔任舵手的多九公就走過來了。他雖然已經八十多歲，卻神清氣爽，背也不駝、嗓門洪亮，髮黑如墨，說是五十多歲的漢子也不為過。

多九公看見一臉茫然的兩人，便說：「別怕！這獸叫做『當康』，只有太平盛世的時候，才會出現，你們聽牠的叫聲。」

六隻眼睛齊齊注視著「當康」，果然聽見牠開口了，「當康」、「當康」的叫著，原來牠的名字就是由叫聲而來。邊叫著，「當康」邊跳著舞開心的離開。看久了，其實還滿可愛的。

然後他們才發現，此處奇珍異獸真多：天空中飛著銜小石頭填海的精衛鳥；前方則長了棵大樹，樹上並不結果實，反而每根樹枝上都垂著一顆好大的稻米，每粒稻米，就有一公尺那麼長。

林之洋看著碩大的米粒，笑著說：「難怪我聽人家說射靶時，只差『一米』就射到了，定眼一看，明明還差了一、二尺，我心裡老是想，哪有這麼大的米？現在眼見為證，下次不敢再懷疑人家了。」

多九公則解釋：「是呀，這種大米，叫做『清腸稻』，我以前吃過，吃了之後，足足一年不會感到餓，很不賴吧！」

神奇的還在後頭。

三人漸行漸遠，多九公停在一支青草的面前。它的葉子長得有點像松樹的葉子，上面附著一顆小小的籽，對著籽輕輕一吹，那籽又會生出一段青草來，青草上仍然附有一顆小小的籽，如此連續循環三次，三次都要把青草吃進肚子裡面。

依著多九公的指示，唐敖乖乖的照辦。吃完之後，忍不住問：「我到底吃了什麼？」

多九公才神祕的說：「這叫做『躡空草』，很珍貴的喔。吃了之後，就可以不費吹灰之力在空中散步。」

林之洋一聽，趕緊找找地上還有沒有「躡空草」。

多九公笑著拍他，「別白費力氣啦，這種草不吹不生，因此是不落地

的。剛剛那一支，可能是被鳥雀啄過，所以吹生了，才被我找到。並不是那麼簡單就會遇到的哩。」

「該不會是多九公唬人的吧？」林之洋將信將疑的轉頭對唐敖說：「那你試試，看看是不是真的可以在空中散步？」

唐敖躍起身子，說：「也好，我就來試試。」

只見他整個人，才輕輕的踏出步伐，然後，好像踏著一個透明的踏板一樣，兩腳蹬空，竟然就真的停止在半空中了。

林之洋看了不禁拍手笑道：「這下可好，你雖然探花未成，此刻倒是『平步青雲』了！不用再難過了！」

站在半空的唐敖，笑也不是，動也不是，心想：這還真是一趟奇特的旅程啊。

第二回

百花仙子，凡間一遊

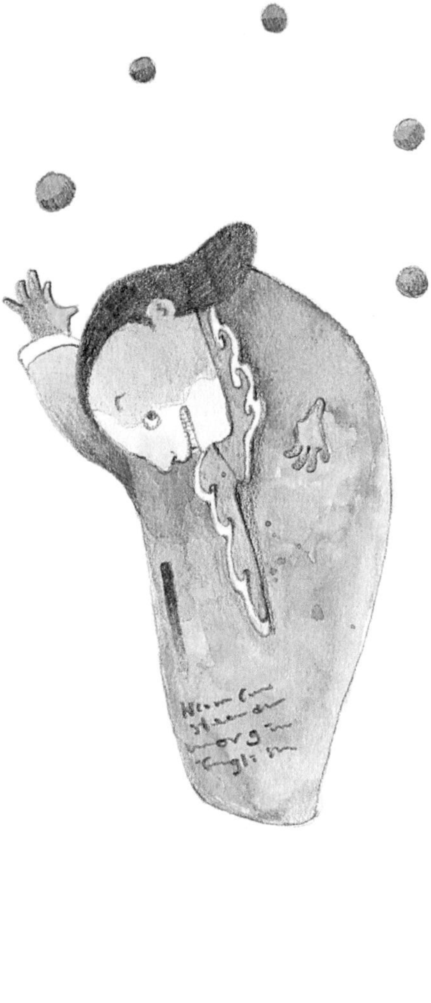

自從父親進城赴考之後，唐小山每天等待著消息。

詭異的是，唐敖連續寄來兩封信，一封說了考中「探花」的消息，隨即又一封說「探花沒了」，要唐小山繼續照料家中大小事情。唐夫人整天長吁短嘆，唐大海繡了一半的蠟梅探春圖也停了，全家人像是快壞掉的時鐘一樣，做什麼事都變成慢動作。

「嘿！大家快振作起來！」丫鬟雲泥看不慣低落的氣氛，忍不住挺身而出，「我來變個把戲給你們看吧。」

說著，她拿出了幾個沙包，是鮮豔的五彩顏色，沙包飛快的在她手中交替，一個轉瞬，五個顏色只剩下了三個，三個顏色又跟之前的五個顏色不同，就像是新配出來的調色一般。

雲泥得意洋洋的等待著掌聲……卻看見眼前的每一個人，要不就發著呆，要不就望著地板，連一向最支持她的唐大海，也顯得意興闌珊。

「大家開心一點嘛……」她垂下肩膀，小小聲的說。

「剛剛爸爸又寫了封信來，說是要跟舅舅一家人出海去玩。這一去，恐怕是三年五載不會回來了……」唐小山幽幽的摺起手中的信。

她實在不明白，為什麼父親不願意回家？就算沒有「探花」，也沒關係呀。一家人開開心心的一起生活，就算比不上在朝為官威風，至少逢年過節也覺得很圓滿、熱鬧。

「爸爸為什麼不回來？」唐大海拉著唐夫人的袖子，唐夫人眼眶一紅，進門去了。

天冷，眾人各自回房睡了。唐小山也回到自己房間，她吹熄了蠟燭，腦中轉著好幾個念頭，總想不出為什麼唐敖選擇雲遊四海。最後，才終於朦朧的睡去。

這天晚上，唐小山作了一個夢。

哇，是天上的神仙們在開生日派對啊。

就在王母娘娘居住的崑崙山上，天上的眾神都到齊了，正準備要幫王母娘娘過生日哩。到處都放射著紅色的光芒，紫色雲朵漂亮的聚在一起，每穿越一朵祥雲，都感覺別有洞天。

遠遠的，百花仙子帶著用百花釀成的美酒，隨同百草仙子、百果仙子、百穀仙子一起抵達了生日派對。

她們才剛剛找了位子坐下，隨即發現又有四位相當驚悚的人物出現：一位青面獠牙，一位紅髮蓋頂，一位頭上帶著金色髮箍，一位身穿杏黃色的袍子。

大家正議論紛紛，百花仙子私下跟百草仙子說：

「他們就是麒麟大仙、鳳凰大仙、烏龜大仙和蛟龍大仙。」

來的可不只這些，還包括福祿壽財喜五位星君、木公、老君、彭祖、張仙、月下老人、紅孩兒、金童兒、青女兒……許多鼎鼎大名的神仙，都開心的來到瑤臺，祝福王母娘娘壽辰快樂，王母娘娘也笑嘻嘻的賞賜大家

珍貴的仙桃。

就在這一片和樂融融的景象之中，嫦娥笑著向大家說：

「難得今天天氣這麼好，又剛好是王母娘娘的聖誕，雖然剛剛許多仙女表演過舞蹈，但是，各位也知道，只要是王母娘娘的生日，一定都是這些老套的表演項目啦。我常常聽說鳳凰會唱歌，百獸愛跳舞，何不就趁著今天這大好時光，請鳳凰大仙跟麒麟大仙帶領他們手下的仙童，為王母娘娘表演一段歌舞？」

大家還來不及說話，鳳凰大仙和麒麟大仙已經害羞的說：「這……這怎麼好意思呢？我怕我們唱得難聽、跳得難看，那就糗了！」

王母娘娘笑著說：「沒關係的，大家就一起開心開心吧。」

兩位大仙聽命之後，馬上派丹鳳和翠鸞兩個小童，踏著祥雲，跟王母娘娘說聲「生日快樂！」

隨後，在大家都還來不及反應的時候，他們一口氣就變出幾千隻的禽

鳥，美麗的鳥兒唱出悅耳的歌聲，輕快的在瑤池上方舞動，就像有一片不斷變換著顏色的天空。大家都聽得心曠神怡。

而同時，帶領著老虎、犀牛、大象、花豹、麋鹿等各列隊伍的麒麟大仙，也像個帥氣的總司令般，指揮著他的隊伍。

大家彷彿訓練有素的部隊，俏皮的隨著鳳凰大仙的歌曲，在瑤池上變換各種不同的隊形，一下子排出個「王」字，一下子又變出個「快」字。飛快的變化中，大家驚喜的發現，他們竟是用隊形的組合排字，在跟王母娘娘說生日快樂哩！

王母娘娘開心得不得了，將百花仙子帶來的百花釀盛給各位神仙，讓他們也一起分享這款有著百花香氣的美酒，大家都喝得醉醺醺又笑呵呵。

嫦娥看到自己想的點子竟然有這麼好的效果，忍不住又再對著百花仙子提議：

「百花仙子，你看大家都這麼開心，不如你也讓你手下的花仙們，趁著

這個機會一起綻放，跟王母娘娘祝壽，豈不是更妙嗎？」

神仙們因為鳳凰、麒麟兩位大仙的表演而看得目瞪口呆、情緒高昂，都紛紛附和了嫦娥的建議。百花仙子見狀趕緊起身跟大家道歉：

「實在很抱歉，花的開放，必須依照一定的季節跟時間，不像歌舞表演，說來就來。而且玉皇大帝常常派人監督我們開花的時間，如果現在百花齊放，肯定會造成各種意外的錯亂，那我可就慘啦！不如我請現在當令的杏花跟桃花，來跟各位表演一段花舞，大家覺得如何？」

嫦娥移開目光，淡淡的笑著說：「現在剛好是杏花跟桃花的季節，就不用麻煩你費心了，我們到處都能看得到。本來只是想趁著王母娘娘過生日的好時機，讓大家開心，想不到你的理由跟藉口還真不少啊。」

百花仙子聽了一肚子氣，也不甘示弱，「話不是這樣說，今天就算是人間的皇帝下令，說他想看百花齊放，我也不會聽命的。花開花謝，本來就該有一定的時序……可能我是比較懦弱吧，不像某些人敢去求一些什麼

不死的靈丹啊，又一個人住在廣寒宮裡，都不怕寂寞哩。厲害厲害。」

嫦娥聽了，不禁怒火中燒，「你不開花就算了，幹麼說話那麼酸！剛剛你自己說了，就算人間君王下令，你也不會理會，如果真的發生這種事，你該怎麼辦？」

百花仙子硬是吞不下這口氣，便爽快的回道：「好，如果真有百花開放的事情發生，我就不當神仙了，到人間去，接受世間的煎熬與考驗！」

這一場生日派對，就這樣不歡而散了。

回程的路上，百花、百草、百穀、百果四位仙子搭同一部雲車回家。

百穀仙子忍不住抱怨：「今天是慶壽的好日子，那可惡的嫦娥想要邀功，居然出這什麼爛點子，搞得大家灰頭土臉的！幸虧剛才百花姊姊說得

有道理，沒聽她的話。不然那還得了！」

百草仙子接著說：「對啊，唱歌跳舞原本是有趣的事，怎會想到要找百獸來跳舞，根本就不倫不類嘛。明天那些負責打掃工作的人，一定恨死嫦娥了，好好的一個瑤池被弄得都是髒兮兮的汗臭味。」

百果仙子也說：「好險烏龜不會唱歌，蛟龍不會跳舞，不然我看嫦娥又要請那兩位大仙發號司令，到時搞得整個瑤池都是蝦兵蟹將，臭氣熏天，那才真是看笑話！」

百草仙子聽了忍不住竊笑：「你們知道嗎？剛剛百獸表演跳舞時，我真的快憋死了，你們沒看到那些個笨牛、癩象搖來擺去，胖呼呼的。還有隻毛猴子，東奔西跳，一直跟不上拍子，搞得他自己很忙的樣子。最令人噴飯的，就是旁邊的小老鼠，一邊要跳舞，一邊又怕大貓來追牠，一副偷油的嘴臉，賊頭賊腦。至於另外那隻小兔子呢，正打算偷懶，一不小心看到鳳凰大仙的隊伍裡，有隻老鷹一直瞪著牠，嚇得好像被閃電打中一樣，

一直手舞足蹈，還對著禿鷹傻笑！」

百花仙子聽了大家七嘴八舌的討論，也不那麼生氣了，噗嗤一聲笑了出來。

就這樣過了許多年。

人間換了一個女皇帝，武則天。

有一天，她在花園裡喝酒、賞雪，一片大雪當中，有幾株蠟梅悄悄的開了，空氣中可以聞到一點淡淡的花香味。

則天皇帝心情大好，喝得有些醉了，居然問身邊的人：「該不會花園裡其他的花朵，知道我愛花，就算天氣這麼冷，也都開花了吧？」

說著，就要拉一旁的公主一起去賞花。

公主知道她醉了，勸著皇帝，說天氣太冷了，等春天再去賞花吧！

武則天生氣的說：「自古至今，有誰像我一樣，是個女人，卻當上了皇帝？這樣驚天動地的大事都能發生了，開花這種小事，有什麼不可能的？」說著，便拉著眾人，硬要去賞花。

果然，到了花園，除了寒冬裡的梅花、水仙、天竺、迎春這幾種花之外，其餘的花卉——別說是花了，連片綠葉都沒有哩。

武則天決定為自己找臺階下，她說：「大概是今天晚了吧，沒關係，我來寫一首詩，給百花們下個旨意，明天早上我醒來，要是花還沒開，大家就走著瞧！」

於是她寫道：

明天早上我會去上林苑賞花。
快快將這消息，報給春天知道吧！

所有的花朵，必須不眠不休的綻放，
可別等待早晨第一道微風來催促啊！

在天上的百花們，接到這樣的聖旨詩，都慌了手腳。偏偏百花仙子又剛好出門去找朋友下棋。

大家慌張的討論該怎麼辦才好？一時半刻，聯絡不上百花仙子，眾花仙擔心違反旨意，將有不測之災，因此陸陸續續都出發了。連最後一位牡丹花仙，也百般不情願的跟上。

在遠處與朋友下棋的百花仙子，忽然聽到女童來報：「外面百花齊放耶！很難得的！你們別下棋了，快出來賞花吧！」

百花仙子心中一驚，出到洞外，果然寒天大雪之中，居然各種顏色的美麗花朵開了一地，一派豔麗的景象。

百花仙子想起那天在王母娘娘的生日派對所發生的事，心裡知道，自

己必然得到人間一趟，去感受那些生、老、病、死。這是逃不掉也避不了的命運了。

她回去後，眾花仙都來跟她請罪。她平靜的搖搖頭：

「怪不得你們，都怪我，當初逞了口舌之快。」

而百花仙子與所有的花仙，因為這一次的事件，也都將被貶到人間去。大家感傷的聚餐、話別著，不知道自己將遭遇怎樣的命運……

就在那一刻，唐小山忽然從夢中驚醒。

因為，當百花仙子的身影從雲間墜落到凡間的那一瞬間，她驚訝的發現：為什麼，她如同照鏡子般，看到了自己的臉？

第三回

奇妙旅行，各國百態

唐敖隨著林之洋的商船走訪各國，加上多九公的介紹，還真是見識了很多地方，都是平常沒有出國時所無法想像的。

之前他們在東口山時，除了吃了「躡空草」，看見令人嘖嘖稱奇的「清腸稻」，還遇見了一陣怪風。樹木都被吹得亂抖，有一隻老虎，從空中竄出，張開了血盆大口，就在千鈞一髮之際，一支箭射穿了老虎的喉嚨！大家都鬆了一口氣。

這才發現，樹林後奔出一位美麗的少女，她戴著白色的頭巾，全身穿雪白的衣服，背著一把弓。林之洋稱讚：

「哇，這麼年輕的女獵人，太厲害了！」

一問之下，才知道原來少女駱紅蕖的父親也是反對黨，還跟唐敖結拜過，為了躲避政府的追拿，他們一家人一直搬家，最後搬到深山。沒想到這隻老虎為了追趕獵物，把住房弄倒了，壓死了她的母親，因此她立志要為母親報仇。

唐敖高興的與駱紅蕖相認，大家都覺得又感動，又感傷。

又過了幾天，商船過了「君子國」，大家才見識到原來真有人那麼謙和有禮。林之洋說他去街上做生意時，人們實在客氣到了一種境界。

唐敖笑說：「世界上買賣東西，一定討價還價，還沒看過有人客客氣氣做生意，那是什麼光景？」

多九公說：「我就看到街上有兩個人，買東西的對那賣東西的說：『你這布料是這麼好的貨色，卻只賣這麼低的價錢，太不合理了，我買回家一定會感到不安的，但我真的很想買，不如你加一點價錢，我便買下吧！』」

林之洋馬上接著說：「你猜怎麼著？那個賣東西的更絕，他聽了馬上說：『那怎麼可以！我剛剛已經責怪自己是否開價太高了，您是識貨之人，

您不喊價，還要我添價，這怎麼過意得去！』」

唐敖問：「最後買賣成功了嗎？真奇！」

林之洋說：「後來兩個人堅持了老半天，買東西的人照原價給了，卻只拿了一半的布料，賣東西的人抓著他不放。剛好一個老先生經過，就教他們打個八折，雙方都沒占便宜，才算告一段落哩。」

說笑之間，林之洋正要喚水手收纜準備離開君子國，竟忽然聽到有人大喊救命！

唐敖等人連忙從船艙出來，發現隔壁漁船上，站著一個全身溼淋淋的少女，大聲呼著救命。

這名唇紅齒白的女孩，身上披著一件皮衣，內穿銀紅色小襖，腰中繫著絲條，下身套著皮褲，胸前斜插一柄寶劍，身上卻被一條草繩捆住，就拴在船桅上。

眾人手忙腳亂的要去救出少女，卻發現那艘船上站著一對打漁的夫

妻。唐敖對著他們喊：「快放了那女孩兒吧！」

「這是我們今天唯一的收穫。」漁夫露出凶惡的眼神，「怎麼可能輕易放了她？」

「救命啊！」少女抬起眼來看著唐敖等人，「我因為要下海捕海參，給母親治病，沒想到在海裡閉氣太久，不小心被人打撈起來。」

「既是無心，你們就放人走吧！」林之洋也忍不住幫腔。

「想放人，拿錢來！」漁夫看來不願善罷甘休。

「我船上有黃金數十兩，全給你吧！」唐敖眼見少女一片孝心，又知道漁夫貪心，想快快結束這場鬧劇。

獲救的少女，向大家自我介紹：「多謝各位恩人，我名叫廉錦楓，今天蒙各位貴人相助，實在難以相報。」說完，她竟一股腦兒往海中跳。大家都摸不著頭緒，不知道她怎麼了？

過了幾個時辰，大家都擔心得說不出話來的時候，才見得少女像一朵

海上的花一樣從水底浮了出來。

「你還好吧？」林之洋等人幫她準備了厚毯，為她披上。

少女笑吟吟的奉上一顆上等珍珠，「謝謝各位貴人的幫助，小女子無以為報，唯有以此珍珠相贈，請您一定要收下。」

大家推辭了一陣，唐敖終於勉強答應收下。美麗的少女，辭別他們之後，便帶著捕到的海參離開了。大家都為一連兩個孝順又勇敢的女孩感到嘖嘖稱奇。

船往前走，來到了長毛國。

唐敖看著在街上行走的人，忍不住問多九公：「這裡的人怎麼長得像猩猩一樣？」

多九公說：「沒辦法，這裡的人都是小氣鬼，古人不是把那些小氣的人稱為『一毛不拔』嗎？後來閻羅王就判他們來生都變成長毛人。巧的是，其他國家的小氣鬼也都集中投胎到這邊來了，就變成了一個長毛國。」

到了無繼國，唐敖又問：「聽說無繼國的人，都不生孩子，真的嗎？」

林之洋搶著回答：「這問我就知道啦。你仔細看看，街上的人是不是都分辨不出是男是女？」

唐敖定睛一看，還真的耶，那些看起來像男生的，都長得很秀氣，要說是像女生也說得過去；至於看起來像女生的，動作又有些豪邁，所以不小心也會被當作是男生。滿街的人就這樣像淡淡的影子般飄來飄去。唐敖忍不住又問了：

「兩位，我怎麼想都想不通。如果他們不生育，那當他們變老之後，死掉了，人數不是就愈來愈少了嗎？為什麼這個國家還是存在呢？」

多九公笑著說：「這就是他們厲害的地方啦。他們雖然不生孩子，卻

也不會真的死掉。他們死掉的時候就叫做『睡覺』，只要睡個一百二十年，就會復活。所以活著的時候叫做『作夢』。」

「這還真是有玄理啊。」唐敖忍不住說。

「是啊。就因為他們都知道自己反正總會死去，又總會復活，所以這國家的人特別淡泊名利。還有一項也很獨特，他們不吃米，都吃土過日子。」

林之洋一聽笑著說：「應該把這項吃土的絕技介紹給無腸國的人民。」

「為什麼？」唐敖問。

「無腸國的人吃東西時總是躲起來吃，因為他們的嘴巴到屁股是直通的，吃下去的東西馬上就會跑出來，老是搞得別人很尷尬。為了自己著想、也為別人著想，只好躲起來吃。你想想，如果是這樣，不如吃土，多方便，塵歸塵、土歸土，反正吃了也要跑出來，變成土還可以繼續吃……」

唐敖想像著那畫面，忍不住皺起了眉頭。

多九公接著說：「說來，海外諸國的奇人異事真的很多。像鄰近還有

一個小人國，不僅國民都長得像個娃娃一樣，小小的，最奇怪的事，是他們特別愛講反話。」

「反話？可以舉個例子嗎？」林之洋問道。

「比方說，」多九公耐心解釋著：「他們明明肚子快要餓死了，就偏偏要說：『我現在好飽喔，飽到想吐！』再不然，就是明明很討厭對方，卻偏偏要緊緊擁抱那個他討厭的人，說：『我真的好愛好愛你，沒有你我該怎麼辦？』類似這樣的狀況層出不窮，全國上下都一樣。」

「天啊，這麼難相處！」林之洋露出一臉害怕的表情，「應該讓這些人都搬去大人國住一住。」

「是啊。」多九公馬上接著說：「大人國裡，每個人腳下都有一朵雲。出門就搭雲。但是呢，雲並不是只作為交通工具使用，而是——當你心有善念的時候，雲朵就會呈現漂亮的顏色；當你心有惡念，雲朵就變成了墨黑色。有一次有個大官出門，竟拿了塊紅布把腳下的雲給遮了起來。原來

他做了虧心事，怕給人看見了，只好拿布遮雲。你說蠢不蠢？」

唐敖聽了好生羨慕，「真不公平，這麼好的發明，應該世界各地都普及才對，偏偏只有大人國獨享。要是我們的國家也人人腳下踩著一朵會洩露祕密的雲，是不是能減少謊言的存在？」

再往前走，便來到鼎鼎大名的黑齒國了。

雖然感覺上有點不太禮貌，但多九公帶著唐敖和林之洋一起走在黑齒國的路上時，還是忍不住一直盯著路上的男男女女看個不停。

「真的從沒見過這樣的人！」林之洋忍不住說：「從頭到腳，還有牙齒，你看你看，連牙齒都是黑的！」

多九公忍不住看了林之洋一眼，「人家既然叫黑齒國，一定有它的道

理嘛。」

唐敖觀察了一會兒說：「最妙的是，這裡的人，嘴唇特別紅豔欲滴，襯得他們看起來更黑了。」

林之洋開心的說：「那我剛好可以來試試胭脂生意。」說著，他便擔起一籃女性愛用的胭脂水粉，到街上叫賣去了。

不做生意的多九公跟唐敖，便隨意在街上走走看看。

兩人走進了一條小巷子，發現有個學堂，上面掛著「女學塾」，於是決定入內叨擾。

學堂裡有位老先生，跟兩個全身黑透的女孩，一位身穿紫色衣裳，一位身穿紅色衣裳，兩人禮貌的跟他們打招呼。

原來，姓盧的老先生是位秀才，已經八十高齡，在這裡開了學塾，教女子念書。黑齒國每十年就有一次大考，考中的女子會頒給匾額，所以這裡女生讀書的風氣很盛。

他介紹兩位女學生，「穿紫衣的是我女兒，穿紅衣的姑娘姓黎，她們也都希望可以參加明年的大考。剛好遇到兩位遠道而來的大學者，可以趁機跟兩位請教一下。」

多九公以為黑齒國地處邊疆，學問必定不甚了得，因此就誇口說：「我雖然不是多麼博學多聞，但是對於文章義理還算略知一二啦。」

曾經考上「探花」的唐敖就謙虛多了，他直說：「我已經許久沒有讀書了，別說是請教，我們就當作是互相切磋一下吧！」

沒想到，兩個黑齒國的少女，陸續提出了許多有關四書、五經、聲韻的問題，一題比一題還要高深，都是前人在書本中留下的疑問，她們經過比對、討論之後，仍然找不出答案的部分。

多久公一開始還勉強可以回答，漸漸的也有些招架不住。兩名少女見到這樣的情形，忍不住語帶諷刺，急得多九公臉都紅了。在後面看書的盧老先生，因為年紀已高，耳朵有點重聽，也不太知道他們在討論什麼，還

以為多九公是因為天氣太熱了，所以熱出一身汗來，趕忙倒了茶，又遞給他一把扇子，「我們這裡向來天氣熱，您快喝口水，歇一歇，可千萬別中暑了！討論學問的事情慢慢來就好了，不急，不急。」

多九公給問得辭窮，聽見盧老先生這樣一說，心裡真是啞巴吃黃連，有苦說不出。他為難的望著唐敖，唐敖也顯得一臉無奈。正當兩個人都熱出一身汗時，剛巧聽到外頭有人喊著：「女學生要買胭脂嗎？」原來是林之洋來了，兩個人像遇到救兵一樣，茶也不喝了，扇子也不搧了，拉著林之洋就向老先生等人告辭。

三個人走出了小巷，才終於鬆一口氣，林之洋忍不住問：

「到底發生什麼事了？」

多九公好不容易擦完了汗，才終於慢吞吞的說：「我從沒見過這樣絕頂聰明又伶牙俐齒的女孩！學問淵博也就算了，還拐著彎把我數落了一頓，我活到八十幾歲可以說是白活了！」

唐敖也接著說：「是啊，要不是你剛好到這裡賣胭脂，我們大概沒臉走出那個學堂了。」

誰知道，林之洋馬上說：「別提胭脂了，我走了半天，沒賣出一樣！」說著，三人仔細觀察著街上的行人，果然發現這裡的人，臉上雖然像墨一樣黑，但幾乎不施脂粉。

林之洋才說：「後來，路人告訴我，這裡看人的標準，不是臉上美不美，是書讀得多不多。但是說也奇怪，你看看他們，每個人臉上都有一種說不出的書卷氣耶！」

「難怪我們剛剛要落荒而逃了。」多九公忍不住為自己找了臺階下。

又啟程了，他們繼續往另一個國家出發。

坐在船上，看著遠方的大海，唐敖不禁想起家中的唐小山與唐大海。唐小山聰穎又勇敢，就像沿途遇見的這些女孩們，全都比男生勇敢、孝順、堅強——不知道，唐大海還是那樣軟弱嗎？不上武術課？仍然喜歡繡花？兒子真的就比女兒有用嗎？

海風吹拂著唐敖的臉，他忽然想起出發前在「夢神觀」所作的夢。夢中那老先生說：「我聽說現在有十二株名花，流落在海內外，你如果可以想辦法拯救這些花，讓它們在適當的地方繼續生長，也是好事一樁，說不定也有助於你的求仙訪道喔！」

唐敖一直望著地平線，彷彿也感受到一些奇妙的什麼。

第四回

家裡的戰爭

「好！小山！你這拳打得漂亮！」

「對，這劍法使得太好了！」

每當唐小山跟著叔叔練劍習武的時候，總是獲得滿堂喝采。在大人的眼裡，她有天分，又勤練，往往只要一些簡單的指點，就有超乎水準的演出。

「哎呀，大海，你連劍的握法都錯了！」

「大海，你可以不要再看著旁邊的山茶花發呆嗎？我快被你氣死了！」

每當唐大海，經過千託萬請，終於願意跟著姊姊一起習武的時候，聽到的卻是這樣的聲音。有一次，叔叔終於忍不住發飆了：

「大海，我已經跟你說過一千次了，是先將劍往前送，再直直往後收，你這動作永遠都學不會！我看你根本無心學武，如果真是這樣，不要來這裡浪費你的時間，也不要浪費我的時間！」

說完，叔叔氣呼呼的離開了習武場，留下旁邊一臉尷尬的唐小山，以

及淚眼汪汪的唐大海。

偶爾，鄰近的小朋友來家裡找唐大海玩。大家玩騎馬打仗，但是唐大海不喜歡騎馬，也不喜歡打仗，他就在一旁摘花瓣，看他們玩得一身髒兮兮的。

「為什麼你不跟我們一起玩？」

「我不喜歡當馬。」唐大海誠實的回答。

「你不喜歡當馬，可以當騎馬的人啊。」

「我也不喜歡騎馬。」唐大海再度誠實的回答。

「那你到底喜歡什麼？」

「我喜歡……」差一點說出「刺繡」兩字，但唐大海知道會換來一陣無情的訕笑，所以就轉了個彎：「我喜歡看你們騎馬打仗。」

都已經說得這麼親切了，好像也不好再挑剔他。其他的小朋友只好當唐大海不存在，繼續努力的騎馬打仗。直到唐小山在窗口喊唐大海進屋子

練字，唐大海兩手拍拍，把手上的花瓣一一撒在草皮上，說：「那我要進去練字了。」一副無比輕鬆的樣子。

唐大海既不騎馬，也不打仗，反正留下來也無用處，其他人就爽快的跟他道別。久而久之，也就不找他玩兒了。

在家裡苦苦盼望丈夫回來的唐夫人，每天照管兩位孩子，當然也發現唐大海這種與一般男孩子較不相同的狀況，她決定找個機會好好跟兒子談一談。

一天晚上，唐大海在自己的房間裡繡一雙枕頭。這是他祕密進行的一項作業，他捨棄了一般的刺繡方法和圖案，自己在枕面上畫出了父親和母親的模樣，打算繡一對美麗的枕頭，等父親回來，可以給他們一個驚喜。

正專心繡著的時候，有人在外頭敲了敲門，門隨後咿呀的開了。

是唐夫人。

「你在忙什麼呀？」唐夫人帶來唐大海愛喝的紫米紅棗湯，放在桌上。她隱約看到唐大海匆忙將繡到一半的花布，快快藏到被褥後頭，但是她不打算拆穿，只是把點心放在桌上，喚大海過來吃。

「快來吃，我剛剛要雲泥特別幫你熬的甜湯喔，你最愛吃的。」知道是自己最愛的點心，唐大海開心的瞇起眼，呼嚕呼嚕的喝起來了。

「慢慢吃，別噎著了，不夠的話廚房還有。」唐夫人看著他，微笑著說：「媽媽有事情要問你。」

「什……什麼事？」唐大海一口紫米正要吞下去，聽到母親有事要問，緊張得差點噎住了。

「別緊張。」唐夫人安慰他：「我聽叔叔說，你不愛學武。是真的嗎？」

「嗯。」唐大海小小聲的回答了。

「真是這樣啊。」唐夫人彷彿陷入了長長的思考。過了一會兒，又問：

「為什麼呢？」

「我就是沒興趣嘛……」唐大海想了一會兒，又小小聲說：「還有，會流汗，臭臭的。」

「可是別人家的男孩兒都在習武。不只習武，也讀書。你不讀書又不愛打拳，未來該怎麼辦？」

唐夫人原以為，唐大海只是小孩心性，總覺得過兩年，長大些，一切就會「好轉」了。

沒想到，隨著年歲漸長，唐大海長成一個俊秀的少年，但，他除了擁有出色的刺繡技巧之外，讀書、習武並無增長，反而開始在庭院裡種起各

式各樣的花草。木棉、薔薇、牡丹、山櫻、薄荷、芙蓉、紫蘇、薜荔……各種花葉在庭園裡依時開放著。

每當唐小山練武練累了，或是讀書讀倦了，最喜歡到弟弟經營的這片花圃來，姊弟倆對於花草的名字如數家珍，小心照料，就像在照顧自己最珍愛的寵物一般。

「曼陀羅的花可麻醉止痛、鎮痛和催眠；葉可治風溼痛；種子能行血、袪風。水仙的鱗莖搗爛後外敷，治一切毒癰腫，花可以治婦人病。」

說也奇怪，平常四書五經背不熟的唐大海，遇上了花的典故、療效，記得特別清楚。姊弟倆還喜歡玩猜謎。

「那，你記得檸檬的用途嗎？」唐小山問道。

「這簡單。」唐大海眉飛色舞的說著：「果皮可驅風健胃，葉可治便祕、風溼病。」

「不錯，」唐小山又問：「那洛神葵呢？」

「嘻嘻，這也考不倒我。」唐大海馬上回答：「洛神葵的新鮮果萼可以製成果醬、果汁、糖漬或飲料，加糖發酵後可以釀酒。至於乾的果萼煮後，可製成洛神茶。還有還有，它的根是輕瀉劑；種子則輕瀉、利尿。」

「不錯嘛！」唐小山開心的望著他。

「那當然。」唐大海的眉宇間還有些稚氣，「我的願望，就是記住所有花草的名字喔。我希望在家裡種一百種花。想想看，這樣一年四季，我們家都會香香的，該有多好！」

然而，唐夫人卻不這樣認為。愈來愈多的流言蜚語傳到她的耳裡，不外乎是嫌惡唐大海太秀氣，老做些女孩子才做的事情；或是無心向上，不在乎功名，只專注種花草——這跟唐敖臨走之前，交代要他好好念書、習

武的要求大不相同。

這一天，她將唐大海叫進房裡。唐大海還不知禍之將至，正採了一些桑葚，準備進廚房跟雲泥一起做桑葚餅。

「大海，你過來。」唐夫人把手中的茶杯放在桌上，「我有話跟你談。」

「是。」唐大海怯怯的說，手上一把桑葚果，顯得有些尷尬。

「你昨天跑哪裡去了？」

「昨天啊……」唐大海的手開始發抖，怎麼昨天的事母親居然已經知道了？「我……我，我去找大強，他說他們村子那邊有一種新的花，我想可以去移植過來……」

「你不去上《詩經》的課，就是為了去摘花？」

「嗯……是啊，那花的名字叫『半夏』喔，真的很特別，它的老株葉片有三全裂，佛焰苞是綠色的，肉穗花序直立，末端還有長絲狀的附屬物喔——」

話還沒有說完，唐夫人一巴掌狠狠的落在唐大海左頰上。

「你……你這個孽子！」她的聲音帶著哽咽：「我跟你說過多少次了！要你念書！要你打拳！你卻老是弄這些女孩子的玩意兒！種什麼花！花有什麼好種的！你這樣我怎麼對得起你的父親！如果他回來了，發現你還是這副模樣，我該怎麼對他交代！」

「我這樣有什麼不好！」唐大海也哭了，不停的流著淚，「我就是這樣。你喜歡我，我也是這樣；你不喜歡我，我還是這樣。喜歡種花有什麼不對？喜歡刺繡有什麼不對？為什麼一定要念書，為什麼一定要打拳？我就是不愛念書不愛打拳！」

母子兩人，就這樣僵持著，流著淚，唐大海手上的桑葚果因為用力，被擠壓出紫紅色的汁液。

唐小山在外頭，聽著母親與唐大海的對話，不知該說些什麼，只知道，一場家裡的戰爭，已經隱隱的點燃了。

第五回

女兒國歷險記

一路向前。

多九公掌舵，林之洋的貿易船載著大開眼界的唐敖，一行人又經歷了許多國家。

白民國的風景秀美，男女都長得美貌驚人。細談之下，才知道他們根本就是個草包，連簡單的字都會寫錯。跟黑齒國比起來，實在天差地遠。

歧舌國的人們特別鍾愛音樂，他們的語言嘰嘰呱呱的，特別難學。

「聽說只要學會了歧舌國的語言，再去學其他國家的話，就變得非常容易。」博學多聞的多九公再度發揮專長。

他們在當地實際跟居民交談後才發現，歧舌國的人，舌頭居然是分岔的，像被剪刀剪過一樣，因此他們可以發出很困難的發音，外人想要學會可說是難上加難哩。

此外，還有很貧窮的厭火國。

他們長得跟黑齒國的人民有些像，就是臉部都黑漆漆的，但更誇張的

是，實在滿像猿猴的。

林之洋在當地做買賣時，被一群乞丐給團團圍住，給了一個，又來了更多個，從來沒見過那麼窮的國家——後來他們實在應接不暇，誰都不給了，厭火國的人居然反目成仇，一個不注意就從喉嚨裡噴出大火來。正在氣頭上的林之洋，因為靠得太近，一把鬍子都給燒光啦。唐敖他們忙著撲火，好險沒釀成大禍。

結果，沒了鬍子的林之洋看來更年輕了，一張俊秀的臉，被多九公譏為「小白臉」。他氣得說不出話來。

繼續向前。船開到了女兒國。

上岸之前，唐敖偷偷問了多九公：「從前唐三藏取經，在女兒國被困

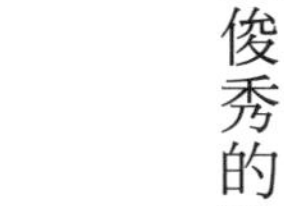

住，該不會是同一個地方吧？」

多九公說：「別擔心，不是同一個。這個女兒國，男人穿裙子，女人穿褲子；男人戴耳環抹脂粉，女人卻上街工作、下田種稻。」

正說著，馬上就看見路旁人家門口，坐著一個中年「婦人」，一頭烏溜溜的頭髮，戴著金色大耳環，上半身穿的是玫瑰紫的長衫，下半身的裙子則是蔥綠色的。腳上一雙紅繡鞋，是標準的三寸金蓮。唯一和女子不同的，便是他留了一把落腮鬍，唐敖和多九公忍不住噗嗤笑了出來。

「婦人」把手上的針線停下來，望向他們兩個，低沉的嗓音直喊：「你們這兩個人，真不要臉，明明是男人，還故意扮成女人——而且，還敢學女人家偷看我，幸虧今天是遇見我，要不然你們一定被打得半死……」

因為那嗓音實在太低沉了，像破鑼一樣敲響著，唐敖趕緊拉著多久公離開。

到了熱鬧的街上，果然，許多男人都像之前那「婦人」一樣，穿著美

麗的衣裳，腳上都是三寸金蓮。年輕的「少婦」嘴上就沒有鬍鬚，有些明明年紀已經大了的男人，為了謊報年齡，也故意把鬍子拔掉——裝「少婦」。走起路來一扭一扭、遮遮掩掩的模樣，看了也有幾分叫人疼愛呢。

由於林之洋去做買賣，早就跟他們走散了。唐敖與多九公先回到船上，用過晚餐了，林之洋卻還是沒有回來。月亮都探頭了，仍然沒有消息。唐敖與多九公帶著水手，提著燈籠，上岸去找尋，他們四處探問尋訪，仍然沒有林之洋的下落。夜深了，女兒國的城門無情的關上，他們只好回船上。

第二天，仍然沒有消息。

第三天，一樣沒有消息。

林之洋到底去了哪裡？

原來，林之洋獨自帶著胭脂水粉，想要批得一個較好的價錢。經過路人不斷的轉介跟指點，居然來到了王府。

王府裡因為忙著選新的王妃，眾人忙得熱鬧非凡。林之洋傻傻的經過一關又一關，終於來到女國王的跟前。林之洋流利的介紹著自己的貨品：「這是今年最新的款式喔，包管一定好用，而且清洗也方便，請國王過目。顏色的選擇也很多種。您請慢慢看。」

女國王一邊看著林之洋帶來的貨色，一邊很專注的打量林之洋。

還不知道發生什麼事的林之洋，以為國王從沒見過中國來的人，所以很好奇。誰知道過了一會兒，他就被許多「宮女」帶到了一座裝潢得很典雅的樓房，屋裡的桌子上擺滿美酒佳肴。林之洋肚子確實餓了，一面在心中感謝國王的慷慨熱情，一面就狼吞虎嚥的把東西都吃光了。

隨後，又有許多「宮女」進進出出的，一下子跟他說「恭喜」，一下子又準備了許多美麗的新衣服，還打算把他的舊衣服脫掉，說：

「請娘娘更衣、沐浴香湯。」

雖然搞不清楚那一聲聲的「娘娘」是怎麼回事，林之洋就把它當作是女兒國對於「男性」的「尊稱」吧。他害羞的在一堆同樣是男性的「宮女」面前把衣服脫掉，踏進了香噴噴、冒著玫瑰香味的一池熱水，忍不住心想：這個國家真體貼，對生意人真好，還包吃包住！

哪知道好戲還在後頭——

林之洋舒舒服服的洗過澡後，那些身材壯碩的「宮女」，幫他穿上新衣、搽了髮油、戴上鳳釵、抹了滿臉香粉、上了胭脂、手上戴上戒指、腕上圈上金鐲，還把床帳整理好，請他上座。

林之洋頭都暈了，覺得整個人就像是作夢一樣，又像是喝醉酒。一問之下，才知道那女國王選王妃選上了他！

這一驚，非同小可。

正打算要逃的時候，高大的「宮女」又面無表情的過來，「稟報娘娘，奉命幫您穿耳。」

「穿……耳？」還來不及反應，整個身子已被四位驃悍的「宮女」抓住，一根用火烤過的銀針快速穿過了他的耳垂。他大聲呼救，「宮女」只用鉛粉略微抹過，就幫他戴上八寶金耳環。

更恐怖的是，隨後又來了個滿臉鬍鬚的「宮女」，手中拿著一疋白布，在床前跪下說：「稟報娘娘，奉命幫您纏足。」

「纏……足？」還來不及懷疑是不是自己聽錯了，又來了兩名「宮女」，抓住林之洋的「金蓮」，先是將五根腳趾緊緊靠在一起，然後將腳面用力曲成一張彎弓，再用白布一層一層的把腳纏住。

「痛！痛！痛……死我啦！」林之洋開口求饒，但沒有人理他，畢竟這是女國王的命令。

好不容易，那一群惱人的「宮女」都退去了，只剩林之洋一人，他趕忙把腳上的纏布費力解開。雙腳終於舒暢了的那一剎那，折騰了一天的疲憊也一股腦兒湧上來，他就沉沉的睡去了。

每天一早，唐敖和多九公就帶著水手進女兒國。經過一番打聽之後，終於輾轉得知林之洋的下落。他們既高興林之洋並沒有遭遇不測，又擔心王宮向來戒備森嚴，該如何營救林之洋？

「多九公，我可真是急到想不出法子了。你倒是說說話啊。」唐敖說。

「別急，只要人還活著，就有希望。」多九公摸著鬍鬚，也陷入了長長的思索。「啊，有了！我方才去尋人時，看見他們的告示城牆上，貼著一張公文，說是徵求可以治水的人。我們先想辦法混進宮裡，再隨機應變。」

「可是，我們根本不懂治水！」唐敖皺起了眉頭。

「眼前也沒別的辦法好用了。」說著，多九公便撕下告示，求見國王。

這個舉動，震驚了女兒國。

因為由外海通往女兒國國內各地，全靠一條河。偏偏這條河已經連續氾濫十年了！造成此地許多無辜百姓的傷亡。大家看見有人可以治河，紛紛跪下，「兩位大人！求求您救救我們！我們一定奉上最好的黃金。」

唐敖見狀便說：「我可以幫你們治河，但你們必須要求女國王，將她的王妃歸還給我們，因為他是我們的親人。」

隨著百姓的引導，唐敖與多九公來到河邊，一眼就看出了問題。

原來，這裡的人不懂得治水的方法，也不懂得河流氾濫的原因，只曉得把堤岸築高。堤岸一年築得比一年高，根本的問題卻沒有解決，怎麼可能會有效？

「以前大禹治水，根本方法，還是在於如何疏通河道。」唐敖與多九公

商量出這個方法。

於是，他們盡心盡力的指揮女兒國的人民，重新改變河道的走向。先前帶來的大量生鐵也派上用場了。女兒國號召了十萬人，一起鑄鐵，打造治河的工具。

因為有了正確的方法，很順利的就把河流氾濫的問題給解決了！

這麼一來，唐敖和多九公，就成了女兒國的大恩人。

深愛著林之洋的女國王，一開始仍堅持不肯放人。只是敵不過十萬人民在外頭靜坐，高喊：「感恩唐敖，還我王妃！」人民的聲音震耳欲聾，日日夜夜在王宮的廣場上響徹著。最後，女國王只好妥協。

每天都被纏上小腳，又只能在夜裡偷偷解開的林之洋，終於見到唐

敖、多九公與船上的家人，激動得都哭了！

「我以為我再也見不到你們了……」林之洋哭著說。

「好啦，好啦，別哭啦，該不會你當過王妃之後，真的變得跟女人一樣愛哭啦？」多九公忍不住調侃他。

林之洋才破涕為笑，跟大家分享這些日子來的遭遇。

說也奇怪，以前從沒想過當女人得受這麼多折磨，實在是一件很不公平的事，等到自己被當成女人對待後，才知道女人要承受很多不為人知的辛苦。

聽見這樣的結論，唐敖也點頭深表贊同。

一行人劫後餘生，滿心歡喜的離開了女兒國。

第六回

告別小蓬萊

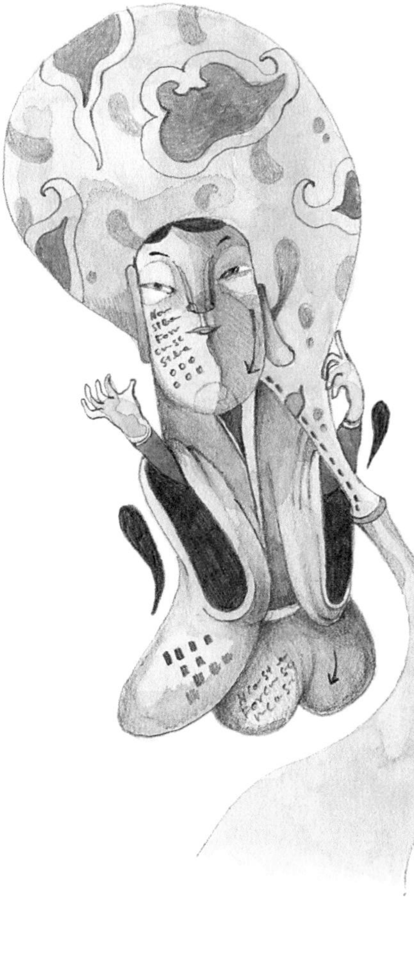

船在大海上航行的時候，唐敖總會忍不住猜想，下一個遇到的會是什麼國家？但儘管他再怎麼有想像力，也總是會被新國家的事物嚇一跳。比方說：軒轅國。當他們的貿易船開到了「軒轅國」，唐敖馬上就聯想到「黃帝」。

「沒錯，他們就是黃帝的後代。」多九公說：「所以這裡的人全都是人面蛇身。」

他們抵達的時候，正好趕上軒轅國國王的生日。國王穿著金色的袍子，頭戴金冠，長長的尾巴就盤在金冠上。

許多鄰近的國家也都來祝壽。那些國家的國王也長得頗為奇特——三身國的國王有三個身體，三首國的國王有三個頭，聶耳國的國王耳朵又大又軟，但據說特別喜歡聽別人說壞話……

船再向前開，經過了不死國。

多九公說：「聽說不死國裡有座山，山上種了不死樹，只要吃了樹的果子就可以長生不死。同時他們國家還有一道赤泉，顏色非常紅豔，喝了可以永保青春。」

「那不是太棒了嗎？出海這麼多次，從來也沒機會經過這裡，這次一定要去拜訪一下。」林之洋說。

唐敖也表示了好奇。多九公正打算掌舵往不死國直行的時候，忽然有一朵烏雲在海上升起。

「哎呀，不妙，是『風雲』。」多九公緊張的說。

「別騙人了，多九公，你該不會是故意不帶我們去不死國，亂編一個藉口吧？」林之洋看著後方天空上那一抹雲，雲的模樣如此尋常，很難相信會有什麼威力。

話才剛說完，還來不及反應，瞬間就吼聲大作，波浪滔天，船被順風

直吹，快得連最厲害的馬都追不上。大家害怕的躲在船艙之中，並且佩服多九公的好眼力。

一連吹了三天三夜，每個人都頭暈腦脹，好不容易，風力稍小了，眾人才想辦法把船停泊在一個山腳下。

「我從小就在大海上漂浪，從來沒見過這種怪風。如果方向對的話，我看再這樣吹個兩天，恐怕我們就要回到家啦。」林之洋說。

「那我們現在到達哪裡了？」唐敖問。

「我看看啊。」多九公踏上甲板，四處觀望，「我記得這裡叫做普度灣，岸上有片高山峻嶺。我的天啊，這樣一算，這三天下來，我們竟然走了一萬里！這裡已經是海外很南邊的地方了，我老早就聽說有個風光明媚的海島，叫做小蓬萊，看來就是這裡了。」

林之洋因為受了風寒，想在船上休息，唐敖則隨著多九公高高興興下了船，登上小蓬萊。

唐敖看著滿山晴朗的天光跟美好的山色，忍不住說：「先前我們去東口山玩的時候，我以為全天下最壯觀的山，大概就是那樣了，現在來到小蓬萊，才知道這裡到處都是仙境！而且路過的白鶴或麋鹿，也都乖乖任人撫摸，如果不是有些仙氣，又怎麼可能如此！」

多九公看唐敖滿心歡喜的樣子，笑著說：「照我們這樣慢吞吞的走法，不知道要走到什麼時候才能逛完哩！我們可要注意一下時間，別到了黃昏還流連忘返，那就麻煩了。」

「多九公啊，不瞞你說，」唐敖此刻的表情看起來竟然有些許認真，「我自從到了這裡之後，不但想求取名利的心都沒了，也覺得人間世事都沒什麼重要了。我現在之所以慢吞吞的走著、看著，其實是因為我實在懶得再回到紅塵啊。」

「以前人家說有書呆子，你可能因為遊玩太多國家，變成『遊呆子』啦，居然說你不想回去，可別再講這種話嚇我了。」

說著聊著，迎面走來了一隻白猿，手上握著一支靈芝草，倒像是特地送來給兩人吃似的。他們也就歡喜的吃下靈芝。遊罷兩人一起回到了船上。

隔天，大家都把東西收拾好，準備要開船了，才發現唐敖一大早又獨自去了小蓬萊。只是一直等候到晚上，都不見人影。

再過一天，眾水手在多九公的帶領之下，一起上小蓬萊去尋人，仍然毫無消息。

到了夜裡，多九公才忍不住跟林之洋說了那天唐敖對他說的話。

「他不想回去了？」林之洋大叫：「那怎麼可以呀！這樣我怎麼跟他的家人交代啊？真是太糟了、太糟了！」

多九公語重心長的說：「我想，唐敖這一趟出遊，雖然說是要遊玩，但事實上並非如此。他大概真的想要自我修行吧。況且他吃了躡空草，又服了靈芝，不再是沒有根基的人，所以你也不必太擔心，我們再盡力找找便是了。」

就這樣，找了又找。找了再找，始終沒有唐敖的身影。小蓬萊的山路，水手們來回走了不知道多少遍，找到最後大家都想要啟程返家了，但林之洋還是堅持要等到唐敖才肯開船。

半個月過去了，水手們等得很心急，約好了一起向林之洋抱怨：

「這座大山嶺人煙稀少，又有很多奇怪的野獸，我們每天晚上輪流拿著槍械守夜，都還不放心了，更何況唐敖先生一個人獨自前往，就算不被猛獸咬死，怕這麼多天來，他也早已經餓死了。我們現在不趁著順風快些離開，難道要等到風向改變，船上的水和米都不夠了，大家的性命也一起葬送在這裡嗎？」

林之洋為難的抓了抓頭：「我知道你們說的有道理。唐敖是我的親妹夫，一家人，我不能放他不管。這樣吧，從今天開始，我們再等半個月，

如果真的沒有消息，我們就開船。」

日子一天一天過去了，唐敖仍然沒有音訊。

就在約定啟程的日期到來這天，林之洋不死心的找了多九公，執意要再上山尋一次。

他們在山上繞了好大一圈，出了一身汗，走到雙腳無力，經過一個小蓬萊的石碑，赫然發現上面題了一首詩：

這輩子懵懂的過了好久，
幸運的沒有在時間的河流裡死去。
現在才突然發現了那個我所來的地方，

哪裡還肯再度搭船出遊？

詩的後面還寫著「謝絕世人」這樣的題字。

看到這樣的詩，多九公和林之洋心裡都明白，唐敖已經超越了世人所追求的事物，家庭、情感、功名，這些東西都不再是那麼重要了。

這也就是他說自己發現了「那個我所來的地方」的意思吧？好像在世界上找到了一個安心的歸處，只不過，是一個只有他一人的歸處。他也不感到孤獨，也不覺得快樂，是一種超越世俗的平靜幸福。

「我們走吧！」多九公拍了拍林之洋的肩膀，林之洋眼眶中含著淚水，點點頭，兩個人便一同下山。

這一趟橫跨各國的旅行，就此告一段落。

尾聲

這一夜，花又開了

這一天，唐家出現了難得的熱鬧景象。

出海經年的林之洋終於回來了。他來到唐敖家裡，探望他們一家人，也把與唐敖合夥做生意獲得的金子帶回來給他們。

唐小山和唐大海，開心的打開林之洋帶來的禮物。

唐夫人雪沁也聽著林之洋講述路上的所見所聞。

然而，熱鬧之中，氣氛還帶著一絲絲古怪。說也說不上來，大家也不好點破。原因，其實再簡單不過——唐敖，仍然沒有回家。

「說起來真的很奇怪，舅舅——」唐小山終於忍不住發難。這些日子，她知道母親過得不開心，弟弟也盼望著父親回來，自己更是十分想念父親。她問道：「您說父親因為探花被取消了，所以決心要再去考一次探花？這實在——有點不合常情吧。」

唐夫人也終於忍不住說：「是啊，就算要去考試，還是可以先回家看看我們吧。他真的有那麼想要當官嗎？」

「這……」林之洋也語塞了，只好說：「他可能有他自己的理由。我們在各國遊歷的時候，也覺得他還滿開心的，但一回國後，就說要去準備考試了，我也不好多說些什麼。只好答應幫他跟你們解釋一下……」

「這樣啊。」唐夫人的臉上一陣失落。

屋子裡又陷入了一片沉默。

沉默到讓大家都有些難受。

「哎呀，算了，我不該瞞你們的。」看著大家失魂落魄的模樣，林之洋忍不住說，「其實是這樣的，本來一路上也發生許多的故事，唐敖他還因緣際會的救了很多女孩，剛好是他之前結交的那些反對黨的女兒，他們流亡到海外去，都過得不太如意。他們的女兒，個個聰明美麗又勇敢，就跟小山一樣。後來，我們到了南方仙島小蓬萊，唐敖非常喜歡那裡，一去就迷上了，直說是人間仙境。我們本來只打算待一天就啟程，但是船要開了，才發現他不見了。我們派了許多水手去找，我和舵手多九公也去找了又

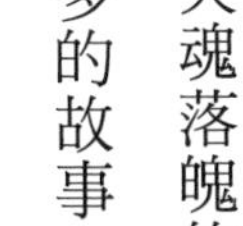

找，卻怎麼也找不到他。就這樣，我們等了約莫一個月，我不死心，又上山一次，終於發現了他題的詩，才知道他不想回來……」

林之洋拿出他所抄下的唐敖詩句，給唐小山等人傳閱。唐夫人一看淚流滿面。

唐小山讀完之後說：「這確實是父親所寫的詩。母親，請先不要傷悲，至少我們知道父親仍在小蓬萊，那就好了。我有事想拜託舅舅答應。」

林之洋心中充滿愧疚，便說：「小山，你直說吧。」

「請舅舅帶我到小蓬萊，我想當面請求父親。如果他堅持不肯回來，我可以大哭，跪下來，甚至騙他說母親生病了，請他一定要回家一趟。他在千里之外，看見我遠渡重洋來找他，或許會心軟，願意跟我回家。」

「你……你平常未經水路，我怕你身體吃不消啊。」林之洋說。

「我心意已定，請大海在家裡幫忙照顧母親，待舅舅準備好，我們就出發。我會勤練身體的！」唐小山認真的說。

「好吧。我知道你也是一片孝心。」

彷彿想起了什麼似的，唐小山又問：「那些沿路被救的女孩們呢？她們現在都好嗎？」

「我們彼此都有留下聯絡地址。她們也都跟你一樣，很愛讀書，身手又好，打算要去考女科。說不定你們有機會相逢。」林之洋說。

為了好好準備出海尋找唐敖所需要的體力，唐小山在屋外準備了許多石椅，在上頭跳來跳去。說是為了到小蓬萊時，可以有良好的腳力登山。

「小山姊姊，你真的好認真喔。」唐大海端來了放涼的茶，要唐小山歇一歇。

「大海，姊姊不在的日子裡，家裡就要倚賴你了。」唐小山擦去額頭上

的汗，語重心長的對著弟弟說。

「我知道。」唐大海也誠懇的看著唐小山，「姊姊，你看這片花園，是我花了好大的心力培植出來的。我對這個家的感情，就像對這片花園一樣……也許，我不能讓媽媽感到滿意，做她希望我做的事，但是，我敢向你保證，我一定會好好照顧她的。」

「我知道。」唐小山緊緊抱住唐大海，彷彿是提前的告別一般。

很快的，林之洋準備好船，也再度邀請多九公一起同行。他擔心此去經年，唐小山會耽誤了之後考試的時間，所以心裡覺得，既然要出發不如早些出發，就備好一切事項，很快的啟程了。

一路上，林之洋擔心唐小山身體不適，或是思念父親，總是特別要找她聊天說話：

「小山，你看，去年我們經過這裡時，你父親很中意這裡喔。」

「是嗎？」一上船後就有些病懨懨的唐小山，一路都水土不服。聽見這

裡是父親來過的地方，勉強到甲板上看看風景。只是，一想到父親，睹景思人，卻是止不住的流淚了。

「哎呀……好端端的，怎麼哭了呢？」弄巧成拙的林之洋見唐小山這模樣，也不敢再作聲了。

私底下他還忍不住問多九公：「怎麼我們走的都是一樣的路，去年唐敖來的時候，覺得處處都是美景，還讚不絕口。現在小山來到海外，我想拿相同的風景逗她開心，卻反而添了愁悶。難道風景改變了嗎？」

多九公笑著說：「風景哪裡說變就變？之前唐敖來玩的時候，一心賞看風景，無掛無礙，當然開心。現在小山姑娘心裡有事，就算再甜的天氣，到了她眼裡，也變苦了。這是勉強不來的啊。」

「原來是這樣啊。」看來曾經差點變成「王妃」的林之洋，心思還是不夠細膩。

好不容易，一個國家接著一個國家，君子國、大人國、無腸國、無繼

國、黑齒國、女兒國、軒轅國……終於來到小蓬萊了！但天色已晚，大家很早就休息，好儲備隔日上山的體力。

一早，唐小山便起床登岸。林之洋與多九公也都跟著下船了，一行人走到當初唐敖題字的地方。唐小山看見父親的字跡，心中激動不已，整個人哭成了淚人兒。

她獨自走了一小段路，最後擦乾眼淚，回來與林之洋碰頭。她說：

「來到小蓬萊後，好像什麼念頭都消失了。這樣神奇的地方，難怪父親不願意回家。我剛剛稍微留意了一下，猜想這座山要走遍，可能三、五天都還辦不到。但我又想，父親既然打算修行，應該是住在深山裡面。所以我非得進到深山不可。我想請託舅舅在岸邊守船，我獨自進深山去找尋父親，我慢慢找，或許就找到了也說不定。」

「那怎麼可以！我怎麼放得下心！」林之洋斷然拒絕了。

禁不起唐小山一再請求，林之洋最後只好答應，但堅持他也要陪著去

找。回到船上，多九公從船艙中取出準備好的豆麵跟麻子，教導唐小山：「如果餓了，先吃豆麵，可以七天不餓，到了第八天，再吃一次；如果口渴，拿這麻子拌水，就不渴了。這是我們船上的救命仙丹。」

唐小山與林之洋就這樣出發。走了十餘日，沿途看見很多奇花異草，但始終沒有人煙。

一直走到十多天，才遇到一個樵夫，林之洋趕忙上前問他：

「請問老先生，這裡是何處？前面可有住人？」

樵夫站住後，回答他們：「這裡通稱為小蓬萊，前面叫做鏡花嶺，嶺下有一個荒塚，過了那個塚，就是水月村。村裡住著幾個鄉下人。你們要找誰？」

「之前有個從中國來的人，姓唐，不知道是否在鄉村內？」唐小山問。

「你們該不會是要找唐敖吧？」樵夫說。

「正是！」唐小山高興極了，忙問：「您怎麼會知道？」

「我常跟他混在一起啊，怎會不知道！你們來得剛剛好，他前幾天託我拿一封信要去岸邊託船寄出，今天遇到你們，就不用麻煩啦！」

唐小山驚喜的接過樵夫的信，林之洋也緊張的看著。果然，是唐敖的字跡，寫著「給我的女兒小山」。

向樵夫道謝之後，唐小山連忙到一旁把信打開，卻發現父親在信上說：「快回家吧！好好去考試，總有一天會再見面的！」

「媽！媽！姊姊寫信來了！」

唐大海一路飛奔，從門口領了信就一直飛快的跑。跑過了石椅，跑過了盛開著八仙花的花園，跑過了長廊，跑過了姊姊唐小山的書房，跑過了他自己的房間，來到了母親房裡。

唐小山出海尋父的這段日子裡，唐大海把家裡打點得安穩妥當。

不知道為什麼，唐夫人終於想通了：其實，不一定要有一個跟別人家一樣的孩子呀，不一定要有一個去考取功名的孩子，也不一定男孩子就非練武打拳不可；如果可以健健康康過生活，知道自己真正想要的是什麼，不也很好嗎？

只是轉個念頭而已，她忽然很高興自己除了擁有一個孝順、懂事、聰穎的女兒，也擁有一個細膩、乖巧、體貼的兒子。

睡在唐大海為她繡的枕頭上，裡面還塞了烘焙過的茶葉，特別有滋味。偶爾去他的花園，看看他新栽的花，家裡總是多了一份生氣盎然、乾淨整齊、芬芳舒適。

唐夫人感覺到深深的感激。

「姊姊寫了什麼？」她問。

「姊姊說……她並沒有見到爸爸。但是卻收到一封爸爸的親筆信，要她

好好準備考試。爸爸還說，他知道姊姊已經準備了那麼久，一定會有好成績的。」

唐夫人看著一隻蝴蝶飛過窗前。她也相信，唐小山一定會有好成績。同時，她也忍不住揣想：是不是，給孩子們最好的愛，就是去了解他們真正需要的是什麼？

路過的人都看見了，也聞見了。

「好漂亮的女孩！」有人說。

「有沒有聞到香味？」大家都大口大口嗅聞著。

「有耶！真的有耶！我還聞到了丁香、紫羅蘭、桂花的味道！」

「太奇妙了！我長鼻子以來，還沒聞過那麼好聞又神奇的味道，好

像……整個人都沉浸在香氣裡——有一種幸福的感覺。」

不是別人。

正是唐小山。

她已經安然踏上歸程。

貿易船沿途搭載了之前那些堅強又勇敢的女孩兒：射虎的少女駱紅蕖、採珍珠的女孩廉錦楓、聰明絕頂的黑齒姑娘黎紫薇……她們像花一樣盛開著，準備了滿肚子知識的蜜，開心又欣喜的相互扶持，準備一同前往考試的路上。一路說說笑笑，彼此溫習。

唐小山忽地想起了那個「百花仙子」的夢。

夢裡面，百花、百草、百穀、百果四位仙子搭同一部雲車回家。她們說說笑笑的身影，跟此刻的自己，多麼相似？

而路過的人們都聞見了，整整三天，揮之不去，百花的香氣。

彷彿，一年四季，所有的花兒都一起盛開了。

附錄一

曼娟老師會客室

各位大朋友小朋友，看完精采有趣的《花開了》，是不是覺得意猶未盡呢？故事裡提到的眾多奇特國家中，你最喜歡哪一國呢？為什麼？主角唐小山原本是百花仙子，你知道一年十二個月，是由哪十二個不同的花神負責的嗎？

這本書的另外一位創作者、有名的詩人梓評哥哥，和曼娟老師在這個故事上進行了很多意見的交換和討論，裡頭有好多的創意都是梓評哥哥的新發明，他要和曼娟老師一起和大家分享，從《鏡花緣》到《花開了》，有哪些不同的地方，探索它們令人目眩神馳之處……

為什麼是《鏡花緣》？

曼娟老師——中國古典小說非常多，我們當初在挑選的時候，一直在思考，到底應該選什麼樣的書給小朋友看呢？後來，我們選了《鏡花緣》。

梓評哥哥——因為在很多很好看的古典小說裡面，《鏡花緣》是非常非常特別的一本。它是古典小說中很少見的、以女生作為最重要主角的書。《鏡花緣》的故事簡直就是在表揚女生，認為女生是最聰明、最有才能的。在中國古代，把女生講得這樣美好的書，非常少見。

古文摘錄

蓬萊山有個薄命巖，巖上有個紅顏洞，洞內有位仙姑，總司天下名花，乃群芳之主，名百花仙子，在此修行多年。這日正值三月初三日王母聖誕，正要前去祝壽，有素日相契的百草仙子來約同赴「蟠桃勝會」。百花仙子即命女童捧了「百花釀」；又約了百果、百穀二位仙子。四位仙姑，各駕雲頭，向西方崑崙而來。

曼娟老師——我們挑中《鏡花緣》的另一個原因是，它是一本冒險的傳奇故事。

我們發現，旅行對古代的人而言，是件非常困難的事，但是他們並沒有因此而放棄，反而會在夢裡面夢到自己去旅行；或寫小說，寫到一些人們從來沒有去過、甚至不能想像的地方。

我小時候看完《鏡花緣》，好想偷偷搭上他們的船，跟唐敖、林之洋、多九公一起，四海五湖，到處遊蕩，看看能碰到什麼特別的事情。

故事的靈魂人物

曼娟老師——我們第一個要介紹的這本書的靈魂人物，是作者李汝珍。

梓評哥哥——李汝珍是清朝的作家，名字有點像女生，不過他是男生。而且，他跟書裡面的唐敖有一點像，李汝珍也是個有點失意的文人。

所以，讀完這本書就可以了解，唐敖為什麼會去五湖四海遊歷。他一輩子都是個秀才，好不容易考上探花（第三名），沒想到卻突然被撤掉，最後還是秀才。

曼娟老師——唐敖為了消解心中的鬱悶，就離開中國，去其他地方遊歷，遇到很多他沒有想像過的人跟事。

有時候，我們很努力很努力去做一件事情，希望可以得到很好的成績，但結果並不如人意。遇到這種情形，有的小朋友會哭；有的小朋友會生氣，決定從此以後再也不要這麼努力。可是，聰明的小朋友會說，沒關係，這件事情我已經盡

古文摘錄

武后密訪，唐敖並無劣跡，因此施恩，仍舊降為秀才。唐敖這番氣惱，非同小可，終日思思想想，遂有棄絕紅塵之意。

力去做了，雖然成績不是很好，但是我可以休息一下，再去其他地方做其他事情，這樣我的生活就會更豐富。這是我們可以從李汝珍身上學到的很重要的事情。

在《鏡花緣》這個故事，前面差不多有三十幾回，講的都是海外歷險。後來我發現，李汝珍寫這本書的時候，清朝皇帝對老百姓的箝制非常嚴格，既不許外國人到中國來，也不喜歡中國人到外國去，最好每個人都安分守己的待在國內就好了，什麼事也不要做，什麼念頭也不要動。這讓我更覺得李汝珍厲害，在那種高壓之下，他可以想盡一切辦法，用小說去進行他夢想中的遊歷。

梓評哥哥——這真的很特別！我從來沒想過，寫出這樣一個可以到世界各地去遊歷的作者，他是活在那樣一個時代。

《鏡花緣》最原始的版本有一百回，我們這次改寫時，挑了前面大家最熟悉的三十幾回，因為這種經歷實在太特別了。

「最奇特國家」排行榜

梓評哥哥——其實，在討論要選哪些題材放進《花開了》的時候，的確很傷腦筋。因為李汝珍所寫的這些地方、遇見的這些人，都很特別，很難取捨。最後，我挑了自己最想去的幾個地方，把它寫出來，希望這些地方也是小朋友最想去的。這些國家中，如果要挑出最奇特排行榜的第一名，我會挑無繼國。

　無繼國，就是無以為繼的意思。對小朋友來說，可能有點難，其實這就是指他們沒有生小孩，也可以說是沒有繼承人的意思。無繼國沒有任何小孩，只有大

古文摘錄

百花仙子道：「那人王乃四海九州之主，代天宣化，豈肯顛倒陰陽，強人所難。要便是嫦娥仙子臨凡，做了女皇帝，出這無道之令；別個再不肯的。那時我果糊塗，競任百花齊放，情願墮落紅塵，受孽海無邊之苦，永無翻悔！」

人，而且大人也不會變老。他們會一直活著，直到有一天他們死了。不過也不是真的死了，而只是在睡覺。睡了一百二十年後，他們會再活過來。活累了，就死掉睡覺；睡累了，又可以再起來活著。他們把活著的時候叫做「作夢」，死掉的時候叫做「睡覺」，完全沒有困擾，很環保的國家。

曼娟老師——不但環保，而且我們常說「人生如夢」，這句話用來形容無繼國最恰當了。

梓評哥哥——還有一個國家，我也覺得很特別，但是可能會有點臭臭的。因為這個國家叫做「無腸國」。

說起來有點尷尬，無腸國的人要吃東西的時候，都得躲起來偷偷摸摸的吃。因為他們沒有腸子，一吃完就要拉。所以他們開始吃的時候，心裡就會著急，只好躲起來偷偷的吃。

曼娟老師——當然也有比較正面的國家，像是君子國。在君子國裡，就大家都希望自己長大後，會成為一個品格非常好的君子。君子國的特色呢，就是每個人都是君子。

梓評哥哥——很多君子生活在一起，其實也滿累的。我用買賣來做例子好了。我看到一個娃娃，好美好可愛，我好喜歡，決定用十兩銀子跟老闆買。老闆可能會說，其實，這個娃娃少了兩根眉毛、八根頭髮，所以只能算你五兩銀子。但我卻

古文摘錄

彼國雖不生育，那知死後其屍不朽，過了一百二十年，仍舊活轉。古人所謂「百年還化為人」，就是指此而言。所以彼國之人，活了又死，死了又活，從不見少。他們雖知死後還能重生，素於名利心腸倒是雪淡。他因人生在世終有一死，縱讓爭名奪利，富貴極頂，及至「無常」一到，如同一夢，全化烏有。

認為這樣不行，占人便宜我於心不安。於是雙方就這樣僵持下去，直到有個和事佬出現，幫雙方協調。君子國的人民就是這樣，他們的特色是不喜歡占人家便宜，否則會心中不安。

曼娟老師——世界上的事都是有正有反，有君子國，那有沒有專門占人家便宜的小人國？

梓評哥哥——當然也有小人國。它的特色是人民很虛偽、喜歡講反話。比方說我其實我很討厭你，但見了面，我還是會說：「哎呀，你今天特別漂亮，我好喜歡你。」或者你明明是個胖子，我就會說：「哎唷，怎麼最近這麼瘦啊。」

曼娟老師——小人國的意思就是，心裡想的跟嘴巴說出來的是兩回事，陽奉陰違，這是典型的小人。生活在這樣的國家，一定很累。

梓評哥哥——所以我喜歡去另一個國家，大人國。相對於小人國的大人國。大人國的人民，出門不用搭計程車，因為每個人腳上都有一朵雲，他們只要搭上雲就可以了，跟孫悟空一樣。

重點是，他們的雲有顏色，如果今天心情很好，對世界保持善念，雲就會呈現很漂亮的顏色，像五彩祥雲的感覺。如果心裡想著要貪汙、做壞事，雲就會變成黑色的。

古文摘錄

說話間，來到鬧市。只見有一隸卒在那裡買物，手中拿著貨物道：「老兄如此高貨，卻討恁般賤價，教小弟買去，如何能安心！務求將價加增，方好遵教。若再過謙，那是有意不肯賞光交易了。」唐敖聽了，因暗暗說道：「九公，凡買物，只有賣者討價，買者還價。今賣者雖討過價，那買者並不還價，卻要添價。此等言談，倒也罕聞。據此看來那『好讓不爭』四字，竟有幾分意思了。」

曼娟老師——所以不管心裡想什麼，大家都會知道。有人想做壞事，大家就可以一起舉發他。

不僅如此，我們還可以看到朋友心裡的想法，到底是善意還是惡意，大家都可以很真誠的對待別人。我喜歡這個國家。不過我很好奇，每個人都乘著雲出門，雖然不需要停車場，但不知道有沒有「停雲場」？

嘲諷時代的女兒國

梓評哥哥——還有一個最最特別、我們花了一整章來敘述的，就是女兒國。

曼娟老師——小朋友可能不知道，《鏡花緣》裡面有很多古怪的國家，並不是作者李汝珍的原創，而是取材自中國很古老的一本地理書《山海經》。《山海經》裡面就提到我們剛剛說的這些奇怪的國家名字，也提到這些奇怪國家的人。

不過，《山海經》提到的女兒國，和《鏡花緣》裡面的女兒國很不一樣。《山海經》裡的女兒國，是兩個女生住在一個四面環海的島上，別人很難進去，她們也不想出來，兩個人過著幸福快樂的日子。《山海經》裡面的女兒國，是真的只有女生，百分之百的女兒國。《西遊記》裡也有女兒國，也都是女生。

梓評哥哥——在《鏡花緣》裡，李汝珍寫的女兒國，特別嘲諷女性所受的不平等待遇，所以男生和女生的角色是完全對調的。

古文摘錄

走到城內，才見國人，都是身長不滿一尺；那些兒童，只得四寸之長。行路時，恐為大鳥所害，無論老少，都是三五成群，手執器械防身；滿口說的都是相反的話，詭詐異常，唐敖道：「世間竟有如此小人，倒也少見。」游了片時，遇見林之洋賣貨回來，一同回船。

曼娟老師——第一個不一樣的就是，《鏡花緣》裡的女兒國有男生，只是男生都要穿女裝。不只穿女裝，還要在家裡刺繡、戴耳環、擦胭脂、噴香水，洗香香的澡。最慘的事情是，還要纏足。

梓評哥哥——因為在中國古代，認為女生的腳要小，才會漂亮，叫做三寸金蓮，走起路來才會搖曳生姿。《鏡花緣》裡，就嘲諷了這件事。

曼娟老師——李汝珍嘲諷的方式是，男人每次都要把女生的腳纏起來，把她們變成殘廢。纏腳的過程非常痛苦，男生一定不知道，好，那就讓男生來承受一下。

梓評哥哥——在女兒國裡，皇帝也是女生，在田裡種田的，都是女生，她們都穿著男生的衣服。而男人的年紀，就用鬍子來分辨。沒有鬍子的是少婦，有鬍子的就是老婦。

曼娟老師——總的來說，在這個國家裡，女人都穿男人的衣服，女扮男裝，做所謂「男人的事」，女主外；而男人都要穿女裝，男主內。所以，皇宮裡面有很壯的宮女，戴著耳環，服侍嬌滴滴的「皇后」。

梓評哥哥——只要稍微對中國古代男女生活環境，以及女生所受到的不公平的對待有一點了解，就會明白這個諷刺有多大。

古文摘錄

又朝前走，街上也有婦人在內，舉止光景，同別處一樣，裙下都露小小金蓮，行動時腰肢顫顫巍巍；一時走到人煙叢雜處，也是躲躲閃閃，遮遮掩掩，那種嬌羞樣子，令人看著也覺生憐，也有懷抱小兒的，也有領著小兒同行的。內中許多中年婦人，也有鬍鬚多的，也有鬍鬚少的，還有沒鬚的，及至細看，那中年鬚的，因為要充少婦，惟恐有鬚顯老，所以撥的一毛不存。

曼娟老師——而且《鏡花緣》裡花了很大的篇幅，描寫主角之一林之洋，被抓去當女兒國的王妃時，他所受到的痛苦。書裡仔細的描寫了纏足的痛苦：宮女怎麼去纏他的腳，沒辦法纏小，就把他的腳拍爛，再拿布來纏，纏到整個骨頭都斷掉、扭曲變形。

我在看原著的時候，覺得好殘忍。不過，改寫的《花開了》沒有寫得這麼仔細。原著小說寫得這麼可怕，也是要提醒男生，不可以用這麼殘忍的手段來對待女生。

新創的角色

梓評哥哥——書裡面另一個很重要的點，在於希望男生體諒女生。李汝珍也在書裡大大提升女生的角色，不是只有傳統對於女生的想像而已。女孩子可以做的事情其實非常多，只要男生可以做的事，女生都可以做。

在改寫這個故事的時候，我和曼娟老師討論到最重要的一點，就是，到底什麼才是一個男生應該有的樣子？什麼又是女生應該有的樣子？最後，我們創造了新的角色。

曼娟老師——我們新創的這兩個角色是一對姊弟，男主角唐敖的一雙兒女，女兒叫做唐小山，兒子叫做唐大海。在原著，唐大海叫做唐小峰，我們把「山峰」變成廣大的「大海」，是有原因的。

古文摘錄

林之洋一心只想唐、多二人前來相救，那知盼來盼去，眼看著明日就要進宮，仍是毫無影響。一時想起妻子，心如刀割，那眼淚也不知流過多少。並且兩隻「金蓮」，已被纏的骨軟筋酥，倒像酒醉一般，毫無氣力，每逢行動，總要宮娥攙扶。想起當年光景，再看看目前形狀，真似兩世人。萬種淒涼，肝腸寸斷。

梓評哥哥——大家看過《花開了》，知道唐小山名字的由來，是因為媽媽生她之前夢見自己去爬一座很漂亮的山，山上有很多很奇怪的五彩石頭，媽媽覺得這應該是個好兆頭，生了這個女兒後，決定取名「小山」。

在原著中，作者比較注重對女生的描寫，對於男生比較忽略，所以替唐小山的弟弟取名字時，沒有那麼用心，小山後面接著小峰，就這樣取名為小峰，有那麼點草率。

曼娟老師——所以，改寫時，梓評哥哥就決定要好好描寫一下化名為唐大海的男生。首先給了他一個氣勢很開闊的名字，叫做唐大海，可是接下來卻給他一個非常溫柔的、愛乾淨的性格。

梓評哥哥——對我們改寫的唐大海這個小男生而言，凡事只有兩種：不是香香的，就是臭臭的。只要是香香的，不管什麼都好；只要是臭臭的，都不好。所以他喜歡刺繡、種花，在媽媽的枕頭裡面塞茶葉。至於爸爸媽媽要他去學武啊、跑步啊，舉凡這種會流汗、臭臭的事，他都不喜歡。

曼娟老師——梓評哥哥塑造的這個男生，跟我們一般認定的、想像的男生很不一樣。可是我也發現，其實，很多男生不見得都像我們想像的那樣。

世界杯足球賽的時候，我有一些女學生都不睡覺看世足賽。我覺得奇怪，問她們，這不是男生才愛看的嗎？但她們回答，這很精采，我們很愛看。反而有些

古文摘錄

這年林氏生了一女。將產時，異香滿室，既非冰麝，又非旃檀，似花香而非花香，三日之中，時刻變換，竟有百種香氣，鄰舍莫不傳以為奇，因此都將此地喚作「百香衢」。未生之先，林氏夢登五彩峭壁，醒來即生此女，所以取名小山。隔了兩年，又生一子，就從姊姊小山之意，取名小峰。

男生從來不看世足賽，我問這些男生，沒想到他們回答，那有什麼好看的？一堆人在運動場上，就追著一個球，跑來跑去不累嗎？他們覺得一點意思都沒有。

形象特殊的唐大海

梓評哥哥——我想要強調的就是，這個世界上，每個人都有自己獨特的個性。每個孩子都有一個屬於自己的樣子，也都有一個獨特的、跟別人不一樣的靈魂。唐大海並不是大家想像中，一個小男孩應該有的樣子，他的形象很特殊。

曼娟老師——最重要的是，唐大海用他自己的方式生活，並且生活得快樂，這不是很棒嗎？

梓評哥哥——不過，他也不是一開始就被大家接受。唐大海的爸爸媽媽，都還是期望他像傳統的男孩子一樣，學武功、去考試。但其實對這個小男生來說，他最大的願望或成就感，不過是在家裡面種滿一百種花，讓家裡充滿一百種花的香氣。

曼娟老師——我們回頭來談談他們的父親。唐小山和唐大海的爸爸唐敖，名字很有趣，會讓人聯想到像鳥一樣的翺翔，或者出海遨遊四方的感覺。出海遨遊四方的，還有唐小山的舅舅林之洋，以及博學多聞的老人家多九公。

多九公是很有經驗很有智慧的老人。「多」是表示很多，「九」則是最大的數字。所以，「多九」就是很多很多，知道的事情非常多。這三個人，有遨遊的心，實際

古文摘錄

百花仙子道：「小仙身獲重譴，今被參謫，固罪所應得；但拖累多人，於心何安！此後一別，不惟天南地北。後會無期；而風流雲散，綠暗紅稀，回前仙山，能毋慘目！」說罷，嘆息不止。

出海遨遊的經驗，還有一個博學多聞的老人家指引他們人生的道路，幾乎就是完美的組合。

梓評哥哥——主角唐敖的個性，就像一般傳統讀書人；林之洋是唐敖的妻舅，他是個商人，也是個性情中人，很感性浪漫。雖然是出海做生意，可是事實上，他更像是希望唐敖可以散散心。多九公就更特別了，所有他們不知道的事，沒看過的鳥、沒吃過的草，多九公都知道，他就像是會走路的字典。

曼娟老師——這樣的人，真像百科全書。我曾經問小朋友，最希望認識什麼樣的朋友？有小朋友希望認識很會打球，或是很會打電動朋友，但是也有小朋友告訴我，他希望認識知識廣博、知道很多事情的朋友，就可以以「聽君一席話，勝讀十年書」。

女皇帝武則天

接下來我們要談談，《花開了》裡面提到了一個非常重要的女人，她是中國第一個、也是最後一個、唯一的女皇帝武則天。梓評哥哥，你對武則天的印象如何？

梓評哥哥——我覺得她很厲害。我很難想像，在一個完全是男人主導權力的時代裡，有一個女人靠著自己，成為一個國家的君王。

古文摘錄

武后聽罷，心中忽然動了一動，倒像觸起從前一件事來。再四尋思，卻又無從捉摸。不覺把頭點了兩點道：「也罷！今日已晚，權且施恩，限他明日開罷。」吩咐預備金箋筆硯。提起筆來，想了一想，在那箋紙上，醉筆草草寫了四句：「明朝游上苑，火速報春知。花須連夜發，莫待曉風催。」

曼娟老師——想想看，在這個過程裡，她必須說服多少人！她還起用了幾位非常好的丞相，例如有名的狄仁傑。這麼有才華的人，竟然也願意被武則天所用，可見他也覺得武則天是一個還不錯的君王。

這件事情證明了，只要給女生機會，她們的表現絕對不會比男人差，這滿振奮人心的。

梓評哥哥——武則天也出現在《花開了》這個故事。唐敖的女兒唐小山出生時，鄰居聞到從產房發出了一百種花的香味。整整三天，味道輪流變換。而唐小山出生時帶來這樣的香味，因為她其實是天上的百花仙子下凡投胎。為什麼她要下凡投胎，就跟武則天有關係了。作者將故事設定發生在唐代，因為那是一個非常特別的、女生權力提高到極限的時代。

曼娟老師——怪不得很多人都說，讀《鏡花緣》，不能忽略作者對女性的讚揚。

代表十二個月的花神

曼娟老師——講到百花仙子，其實在中國古代，十二個不同的月份，每一個月都有一個代表的花神。例如，一月代表的花神，就是冬天開的花，梅花。二月的花神是杏花，三月是桃花。

四月的花神，就是武則天最愛的、花中之王牡丹花。五月是石榴花，而且，聽說石榴花是漢朝出使西域的張騫從西域帶回來的，是舶來品。還有人說，抓鬼的鍾馗，也很喜歡戴一朵石榴花。

古文摘錄

行了數里，路過小蓬萊石碑跟前，只見上面有詩一首，寫的龍蛇飛舞，墨跡淋漓，原來是首七言絕句：「逐浪隨波幾度秋，此身幸未付東流。今朝才到源頭處，豈肯操舟復出遊！」詩後寫著：某年月日，因返小蓬萊舊館，謝絕世人，特題二十八字。唐敖偶識。

接下來，六月是荷花，七月是玉簪花。八月桂花香，所以八月是桂花。九月的花跟陶淵明有關，是菊花。十月是蘭花，十一月是水仙花，十二月就是蠟梅。

讀一本書，它不只是告訴你一個好聽的故事，在它背後還有很多很精采的典故，值得我們慢慢品味，慢慢學習。希望每一個大朋友、小朋友，把每天都當成新的一天，並且想像自己好像是一朵花，花開了，就帶來新的希望與新的快樂。

古文摘錄

唐敖道：「不瞞九公說：小弟自從登了此山，不但利名之心都盡，只覺萬事皆空。此時所以遲遲吾行者，竟有懶入紅塵之意了。」多九公笑道：「老夫素日常聽人說：讀書人每每讀到後來入了魔境，要變成『書呆子』。尊駕讀書雖未變成書呆子，今游來游去，竟要變成『游呆子』。唐兄快些走罷，不要鬥趣了。」

附錄二

曼娟老師私房教案

親愛的朋友，唐小山的故事，有沒有讓你想起和自己或家人、朋友的事？例如，爸爸媽媽對你的期望是什麼？你對自己的期望又是什麼？和爸爸媽媽對你的期望一樣嗎？

讀完了這個故事，你也可以跟身邊的好友、老師、爸爸、媽媽一起分享心裡的感受。下面這些問題，或許可以幫助大小讀者們，更深入的討論與分享：

一 **如果可以去一個《花開了》故事裡的國家，你會最想去哪裡？為什麼？你是否從這些國家裡，獲得一些什麼啟示？**

二 當你面對別人的質疑或責問時，你會選擇如何面對？躲避起來，不跟質疑你的人接觸？據理力爭，讓別人接受你的說服？

三 你覺得男生和女生之間，最大的不同是什麼？男生有固定的樣子嗎？女生也有固定的樣子嗎？除了生理構造的不同，你覺得你想像中的男生（或女生）最大的特點是什麼？

四 你覺得身為一個男生（女生），在家裡所受到的待遇是一樣的嗎？

五 你曾經跟父母親起衝突嗎？為了什麼事衝突？最後怎麼解決的？

六

你了解自己嗎？你覺得你只是在扮演別人眼中希望你成為的樣子，或是你真的以自己想要的方式在生活著——你是真正的在「做自己」嗎？

七

你覺得了解與諒解，代表著什麼？你曾經了解別人真正的感受嗎？如果別人的想法或體會，與你的不同，你是否能夠體諒？

張曼娟奇幻學堂

花開了

鏡花緣・唐小山的故事

策劃・作者｜張曼娟、孫梓評
繪　　者｜川貝母

責任編輯｜李幼婷
編輯協力｜張文婷、劉握瑜
特約編輯｜游嘉惠
視覺設計｜霧室
封面設計｜王薏雯
行銷企劃｜葉怡伶

發行人｜殷允芃
創辦人兼執行長｜何琦瑜
副總經理｜林彥傑
總監｜林欣靜
版權專員｜何晨瑋、黃微真

出版者｜親子天下股份有限公司
地址｜臺北市 104 建國北路一段 96 號 4 樓
電話｜（02）2509-2800　傳真｜（02）2509-2462
網址｜ www.parenting.com.tw
讀者服務專線｜（02）2662-0332　週一～週五：09:00~17:30
讀者服務傳真｜（02）2662-6048
客服信箱｜ bill@cw.com.tw
法律顧問｜台英國際商務法律事務所 ・ 羅明通律師
製版印刷｜中原造像股份有限公司
總經銷｜大和圖書有限公司　電話：（02）8990-2588

出版日期｜ 2017 年 7 月第一版第一次印行
　　　　　2021 年 8 月第一版第六次印行
定　　價｜ 320 元
書　　號｜ BKKNA003P
ISBN ｜ 978-986-94959-5-0（平裝）

訂購服務
親子天下 Shopping ｜ shopping.parenting.com.tw
海外 ・ 大量訂購｜ parenting@cw.com.tw
書香花園｜臺北市建國北路二段 6 巷 11 號　電話（02）2506-1635
劃撥帳號｜ 50331356 親子天下股份有限公司

立即購買 >
有聲故事書

國家圖書館出版品預行編目 (CIP) 資料

花開了：鏡花緣・唐小山的故事 / 張曼娟, 孫梓評撰寫 ; 川貝母繪圖. -- 第一版. -- 臺北市 : 親子天下, 2017.07
168面 ; 17×22公分. -- (張曼娟奇幻學堂 ; 3)
(張曼娟學堂系列 ; 3)
ISBN 978-986-94959-5-0(平裝)
859.6　　106008903